光文社文庫

長編時代小説

遺《い》恨《こん》の譜《ふ》

勘定吟味役異聞(七)

決定版

上田秀人

光 文 社

JN054350

本書は、二〇〇八年七月に光文社文庫より
刊行した作品を、文字を大きくしたうえで
さらに著者が大幅加筆修正したものです。

『遺恨の譜　勘定吟味役異聞（七）』目次

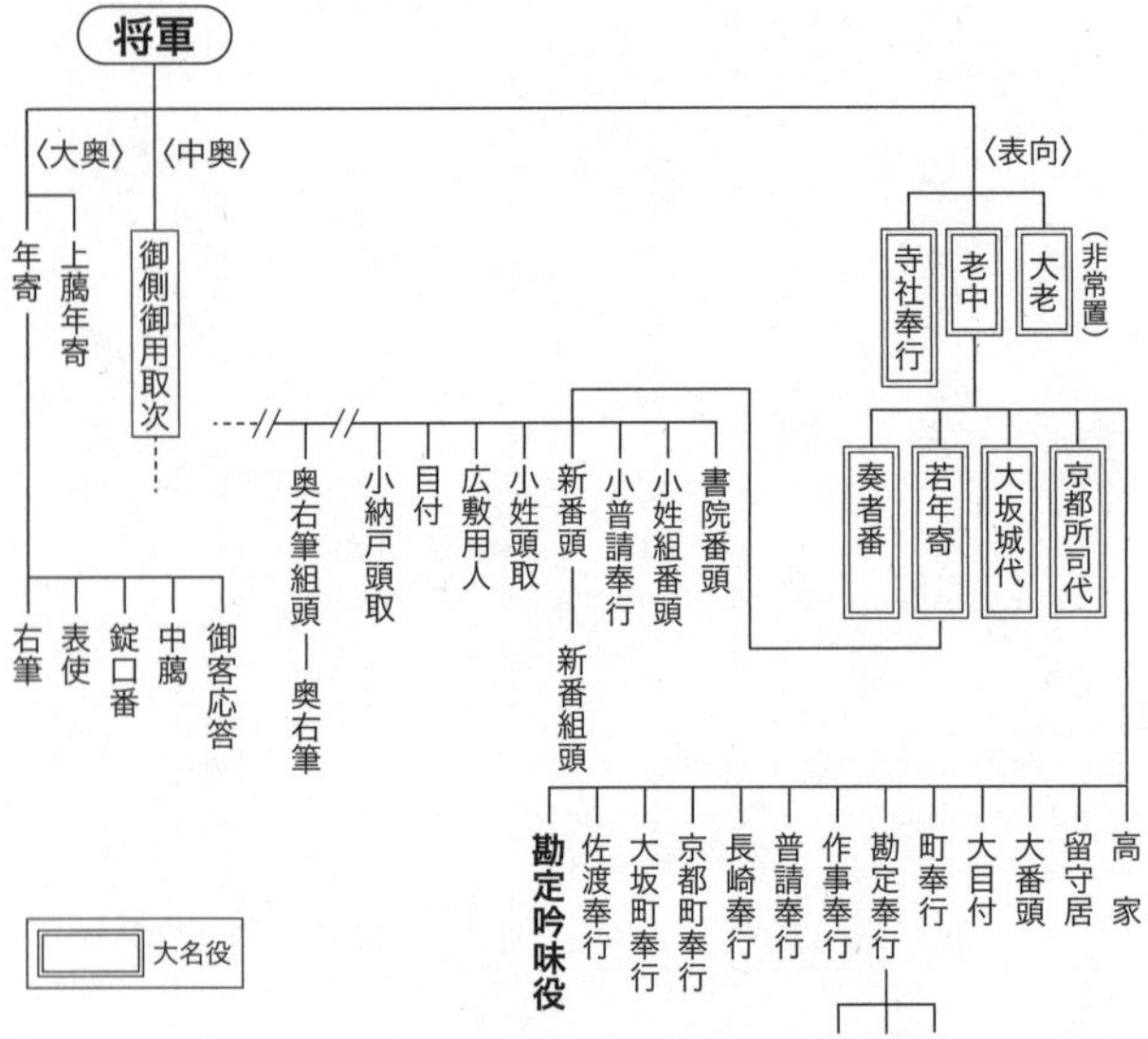

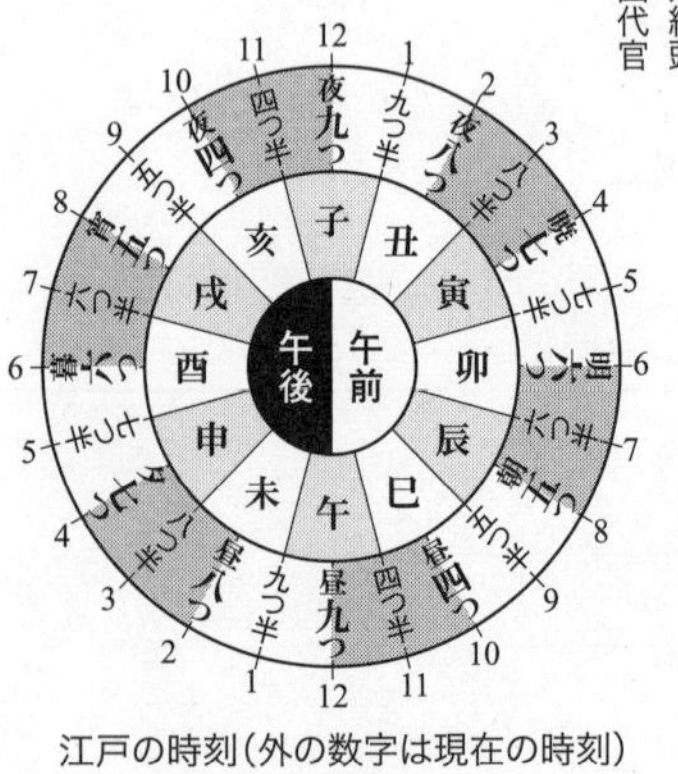

江戸の時刻(外の数字は現在の時刻)

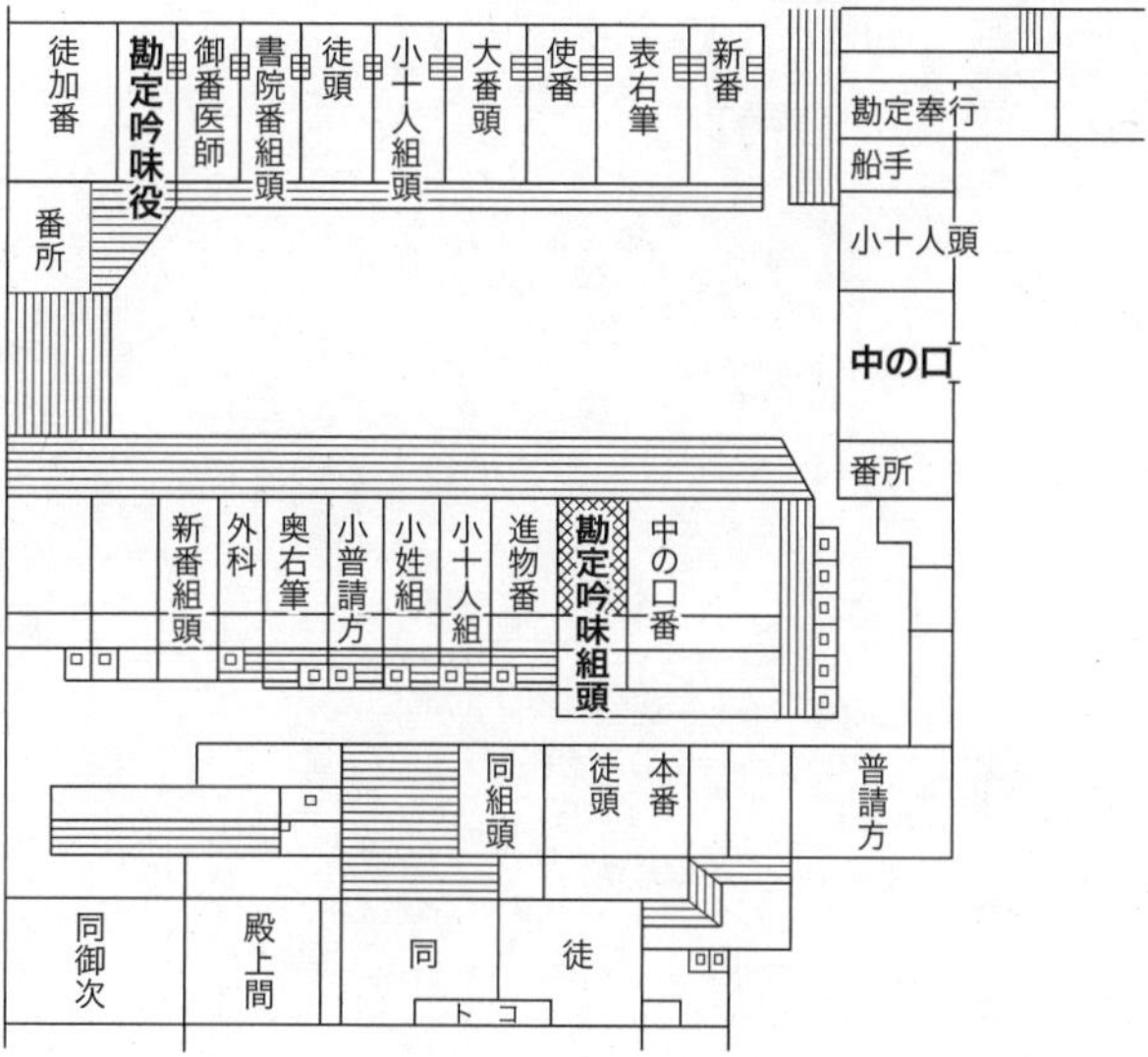

新番
表右筆
使番
大番頭
小十人組頭
徒頭
書院番組頭
御番医師
勘定吟味役
徒加番
番所
勘定奉行
船手
小十人頭
中の口
番所
中の口番
勘定吟味組頭
進物番
小十人組
小姓組
小普請方
奥右筆
外科
新番組頭
普請方
本番
徒頭
同組頭
徒
同
殿上間
同御次

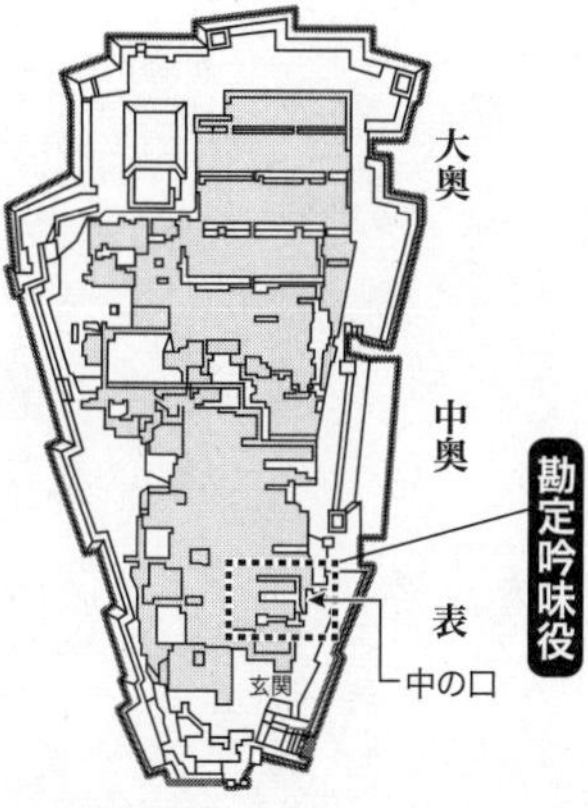

大奥
中奥
表
勘定吟味役
中の口
玄関

尾張殿上屋敷
市谷
早稲田村
江戸川
音羽
護国寺
至板橋宿
江戸川橋
大塚
巣鴨
赤城明神
御納戸町
石切橋
若宮八幡宮
神楽坂
切支丹坂
御薬園
日光御成街道
中山道
小日向馬場
牛込御留守居町
牛込御門
番町
傳通院
小石川
白山
神明宮
駒込
田安御門
清水御門
小石川御門
水戸徳川家上屋敷
入江無手斎道場
春日町
水道橋
千駄木
水城聡四郎の屋敷
御弓町
神田川
竹町
本郷
加賀前田家上屋敷
道灌山
根津権現
霊雲寺
池之端七間町
日暮里
神田明神
池之端仲町
不忍池
湯島天神
昌平橋
昌平坂
忍ヶ岡
鍛冶町
明神下
弁天
仁王門前町
根岸
谷中
筋違御門
東叡山寛永寺
下谷広小路
外神田
内神田
和泉橋
神田佐久間町
佐久間河岸
御徒町
下谷金杉町
下谷山崎町
豊島町
新シ橋
柳原土手
左衛門河岸
向柳原
三味線堀
広徳寺
下谷竜泉寺町
通油町
通塩町
幡随院
汐見橋
同朋町
横山町
広小路
両国
元鳥越町
猿屋町
甚内橋
茅町
浅草橋
阿部川町
新吉原
薬研堀
米沢町
両国橋
柳橋
御蔵前片町代地
新堀川
日本堤
尾上町
大川
旅籠町
東本願寺
回向院
首尾の松
御米蔵
御蔵前通り
御蔵前
浅草寺
日光道中
小塚原
一ツ目之橋
亀沢町
御竹蔵
御厩河岸之渡し
浅草広小路
奥山
浅草
雷門
浅草観音
山谷町
二ツ目之橋
駒形町
駒形堂
浅草
新鳥越橋
山谷堀
揚場
緑町
南割下水
本所
花川戸町
竹町之渡し
吾妻橋
今戸橋
今戸町
白鬚之渡し
竪川
源森橋
源森川
小梅村
三囲稲荷
向島墨堤
長命寺
木母寺
三ツ目之橋
北割下水
北辻橋
大横川
法恩寺橋
寺島村
新辻橋
業平橋
亀戸村
小梅村
四ツ目之橋
押上村
天神橋
十間川
柳島村
亀戸天神

天現寺
渋谷川
麻布新町
善福寺
四ノ橋
古川町
仙台坂
新網町
飯倉片町
六本木
氷川明神
赤坂
市兵衛町
紀伊徳川家屋敷
元赤坂町
竹腰山城守屋敷
伝馬町
平河町
井伊掃部頭
中屋敷
紀伊徳川家
上屋敷
赤坂御門
四谷御門
市谷御門
麹町
溜池
千鳥ヶ淵
三ノ橋
二ノ橋
一ノ橋
中之橋
赤羽橋
芝車町
三田町
品川宿
葵坂
虎之御門
半蔵御門
西之御丸
新シ橋
外桜田御門
雉子橋御門
一橋御門
和田倉御門
江戸城
増上寺
幸橋
南町奉行所
北町奉行所
土橋
金杉橋
宇田川町
芝
浜松町
数寄屋橋御門
汐留橋
三十間堀
銀座町
呉服橋御門
常盤橋御門
神田橋御門
竜閑橋
金杉川
濱御殿
木挽町
京橋
数寄屋町
一石橋
本町
本両替町
今川橋
西本願寺
本材木町
白魚橋
日本橋
魚河岸
大伝馬町
小伝馬町
楓川
八丁堀
弾正橋
組屋敷
八丁堀
海賊橋
江戸橋
荒布橋
南茅場町
日本橋川
小網町
銀座
元大坂町
諸国人入れ相模屋
中之橋
亀島川
霊岸橋
稲荷橋
一ノ橋
新川
箱崎橋
松島町
久松町
高橋
二ノ橋
湊橋
行徳河岸
高砂橋
鉄炮洲
佃島
霊岸島
豊海橋
箱崎町
箱崎川
浜町堀
永久橋
石川島
大川端
永代橋
万年橋
新大橋
水戸家
石揚場
佐賀町
今川町
上之橋
黒江町
緑橋
万年町
海辺大工町
六間堀
大島町
油堀
材木町
弥勒寺橋
江戸湊
永代寺
富岡橋
仙台堀
海辺橋
高橋
深川元町
弥勒寺
越中島
蓬莱橋
富岡八幡宮
霊巌寺
小名木川
亀久橋
汐見橋
深川
洲崎
入船町
新高橋
扇橋
猿江橋
南辻橋
猿江町
御材木蔵
大島橋
金座
西
北
東
南
0
1km

『遺恨の譜　勘定吟味役異聞（七）』おもな登場人物

水城聡四郎　…………　勘定吟味役。兄の急逝で急遽、家督を継ぎ、六代将軍家宣の寵臣の新井白石の目に留まり抜擢された。一放流免許皆伝。

入江無手斎　…………　一放流入江道場の道場主。聡四郎の剣術の師匠。

相模屋伝兵衛　…………　江戸一番の人入れ屋相模屋の主。

紅　…………　相模屋のひとり娘。聡四郎に救われ、想いを寄せあうようになる。

大宮玄馬　…………　水城家の家士。入江道場では聡四郎の弟弟子。

太田彦左衛門　…………　勘定吟味改役。聡四郎につけられた下役。

新井白石　…………　無役の表寄合。家宣の寵愛深かった儒者。聡四郎を勘定吟味役に抜擢した。

間部詮房　…………　老中格側用人。将軍家宣に引き上げられ、家宣亡き後、世嗣の家継の傅り役を引き受けながら、幕政を牛耳る。

紀伊国屋文左衛門　…　紀州の材木問屋。

柳沢吉保　…………　前の甲府藩藩主。将軍綱吉亡き後、息子吉里に家督を譲り隠居。

永渕啓輔　…………　徒目付。幕臣となってからも、前の主君柳沢吉保のために動く。

徳川吉宗　…………　御三家紀州徳川家当主。

遺《い》恨《こん》の譜《ふ》

勘定吟味役異聞（七）

第一章　崩れた権

一

闇は忍《しのび》にとって棲《す》み家《か》である。

本郷《ほんごう》三丁目の辻に面した町家《まちや》の屋根で、二刻（約四時間）以上、御広敷伊賀者《おひろしきいがもの》は、じっと待っていた。

「おもいのほかときを喰ったな」

湯島《ゆしま》から道なりに歩いてきた勘定吟味役《かんじょうぎんみやく》水城聡四郎《みずきそうしろう》は、嘆息《たんそく》した。

「提灯《ちょうちん》を用意しておくべきでございました」

家士《かし》の大宮玄馬《おおみやげんば》が詫びた。

七つ（午後四時ごろ）に下城する聡四郎は、十分日のある間に帰邸することができるため、かさばる提灯や傘は持ち歩いていなかった。

「いや、寺で借りてくるべきであった」

聡四郎と大宮玄馬は、下城のあと水城家代々の墓に寄っていた。今日は聡四郎の長兄の命日であった。

水城家の四男であった聡四郎は、家督《かとく》を継ぐはずだった兄の急死によって当主となったのである。

「しかし、ときというものは惨《むご》いものよ。兄のことを思いだすことがほとんどなくなっている。いろいろ思い出もあったはずなのに、墓にかける言葉さえ思い浮かばなんだ」

しんみりと聡四郎は言った。

「人は忘れることで生きていける。それはわかっておる。だが、兄の顔は薄れても、戦った者たちのことはいつまで経っても鮮やかなのだ」

金という人の汚いところを白日《はくじつ》のもとにさらけ出す役目上、聡四郎は何度となく狙われ、両手で足りないだけの命を奪った。

「殿」

気遣うように大宮玄馬が声をかけた。

「気弱になっているわけではないぞ」

無理に聡四郎が笑みを浮かべようとしたとき、屋根の上から伊賀者が手裏剣を放った。

「殿」

気づいた大宮玄馬が前に出るより早く、聡四郎は身体を後ろに投げだしていた。

「つっ」

したたかに背中を打ってうめきながらも、聡四郎は動きを止めなかった。地を転がりながら民家の軒下へと身を隠した。

闇夜で手裏剣をかわすことは難しい。聡四郎を救ったのは、伊賀者の焦りであった。

手裏剣を撃つには、どうしても殺気を発生させなければならなかった。必殺の思いをこめなければ、手裏剣に勢いは与えられない。

かつて一族を聡四郎に殺された恨みをはらすべく待ち伏せしていた伊賀者は、やっと訪れた好機に思わず殺気を放ってしまった。

「何者か」

すばやく脇差《わきざし》を抜いた大宮玄馬の前に、黒い固まりが落ちてきた。

「ぬん」

修練が大宮玄馬に脇差を振らせた。

当たりはしなかったが、一閃は伊賀者への牽制《けんせい》になった。大きく伊賀者が後ろへ跳んで間合いを開けた。

「忍か」

その隙《すき》に聡四郎は立ちあがっていた。

「ならば問答無用でいいな」

聡四郎は太刀《たち》を抜いた。手裏剣を防ぐには取り回しのしやすい脇差が向いていたが、聡四郎はあえて太刀を選んだ。

手裏剣と太刀では間合いが違った。二間《けん》（約三・六メートル）をきらないと、太刀では敵に届かないが、手裏剣はその三倍の距離から攻撃できた。

動きの疾《はや》い忍との戦いは、一瞬の利にかけるしかない。聡四郎は、一撃必殺を狙った。

聡四郎が敵に対したのを見て、大宮玄馬は防御に徹するべく脇差を青眼《せいがん》に構えた。

「ふっ」

伊賀者が手裏剣を続けざまに撃ってきた。先を尖《とが》らせた七寸（約二一センチ）ほどの鉄芯は見えにくく、当たれば肉を裂き骨を折った。喉や顔に喰らえば致命傷になる。

「…………」

大宮玄馬が的確な動きで、そのすべてを払い落とした。

甲高い音をたてて手裏剣を大宮玄馬が防ぎ続けているとき、その気配に紛《まぎ》れて聡四郎の後ろに影が湧いた。

「…………」

影が、無言で聡四郎を襲った。

「おう」

背中に来た一撃を聡四郎は腰の鞘《さや》を突きあげることで受けた。忍刀が、太刀にくらべて短いことが幸いした。忍刀が届く前に鐺《こじり》が伊賀者の鳩尾《みぞおち》にくいこんだ。

「…………」

うめき声をあげることなく、伊賀者が間合いを開けた。

「命のやりとりに卑怯《ひきょう》もなにもない」

振り向きながら聡四郎は、伊賀者へ鋭い眼光を浴びせた。

「生き残った者が正しいのだ」

「…………」

返答があるとは聡四郎も思っていない。

忍刀を握りなおした伊賀者が一気に迫った。

あっという間に間合いを詰めた伊賀者が、聡四郎の手前二間の位置で膝を折り腰をかがめた。低いまま勢いを減じることなく迫ってきた。

「ぬん」

体《たい》を右に開きながら、聡四郎は太刀を落とした。

聡四郎の左脇腹を狙った一撃は、真っ向から落とされた聡四郎の太刀に防がれていた。

「…………」

刀がぶつかった反動を利用して、伊賀者が後ろに跳んだ。そのまま身を翻して闇のなかへ走り去っていった。同時に、大宮玄馬と対峙していた伊賀者も消えた。

「殿、ご無事で」

あわてて大宮玄馬が気遣った。

「ああ。なんなのだ、今はなににもかかわっておらぬぞ」

太刀を鞘に戻しながら、聡四郎は首をかしげた。忍に狙われる理由に思いあたるものがなかった。

屋敷へ戻っていく二人を別の伊賀者が屋根の上から見おろしていた。

「あと四人おれば倒せようが、それだけの数を出せば大奥《おおおく》を留守にすることになる」

独《ひと》りごちたのは御広敷伊賀者組頭《くみがしら》の柘植卯之《つげうの》であった。

御広敷は大奥いっさいの雑用を受け持つところである。御広敷伊賀者は普段、出入りの商人たちを見張ったり、女中の外出に供するのが任である。しかし、そのじつ伊賀者は大奥の警固《けいご》として配されていた。男子禁制の大奥で将軍を守る最後の砦《とりで》が御広敷伊賀者であった。

大奥と深くかかわる御広敷伊賀者は御広敷番之頭《ばんのかしら》ではなく、ときの将軍生母、あるいは御台所《みだいどころ》の支配を受けた。今、御広敷伊賀者は、七代将軍家継《いえつぐ》の生母、月光院《げっこういん》の配下であった。

「伊賀者の血の結束は固い。一族を害された復讐《ふくしゆう》は必ず果たす。たとえ、代がかわろうともな」

月光院から、間部越前守詮房《まなべえちぜんのかみあきふさ》へ与《くみ》するように命じられた御広敷伊賀者は、聡四郎と敵対することになり、数人の仲間を失っていた。

「伊賀者の恨みは深い。一度で殺してはやらぬ。水城、おまえはいつ我らに襲われるかと怖れながら、夜を過ごすのだ」

柘植卯之がつぶやいた。


絵島《えじま》の一件を受けて、間部越前守詮房は日参していた大奥から遠ざかっていた。六代将軍家宣《いえのぶ》の寵臣《ちようしん》として、世継ぎ家継の傅育《ふいく》を任された間部越前守の後ろ盾であった大奥とのかかわりが薄くなったことは、さらなる変化を生んでいた。

御用部屋での居場所がなくなったのだ。

「ご遠慮くださりますようにとのお言葉でございまする」

御用部屋に入ろうとした間部越前守に御用部屋坊主が申しわけなさそうな顔で告げた。

もともと家宣から老中格《ろうじゆう》として政《まつりごと》にたずさわるようにと命じられただけで、正式な執政《しつせい》になったわけではない間部越前守は、手のひらを返したような老中たちの態度に、強く出ることができなかった。

大奥にも御用部屋へも行けなくなった間部越前守は、一日七代将軍家継のもとにいた。

「越前、ずっと余《よ》の側にいよ」

よろこんだ家継が、間部越前守の手を握った。

母と引き離され、大奥から出ることを嫌がっていた幼い将軍は、庇護者《ひごしゃ》である間部越前守にすがり、かたときも離そうとしなかった。

「はっ。越前がお守りいたしまする」

家継を膝の上に抱えこみながら、間部越前守が応えた。

実際に政をみるわけではないが、形だけとはいえ将軍の認可は要る。家継は毎日朝になれば表《おもて》へと連れられてきた。

「上様、御用部屋よりご裁可願いたきことありと、老中阿部豊後守《あべぶんごのかみ》がお目通りを願っておりまする」

小姓番《こしようばん》組頭が、家継に告げた。

「越前」

家継が、間部越前守の顔を見あげた。

「お許しなされませ」

間部越前守が首肯《しゆこう》した。

御休息《ごきゅうそく》の間外《ま》で待っていた阿部豊後守が、すぐに伺候《しこう》した。

「上様にはご機嫌うるわしく、豊後守恐悦《きょうえつ》至極《しごく》に存じまする」

御休息の間上段襖際で阿部豊後守が平伏した。

「うむ。豊後守も息災《そくさい》でなによりじゃ」

決められた挨拶を家継が口にした。

「本日は上様のご判断を仰ぎたきことあり、参上つかまつりましてございまする」

将軍の威光におそれいっているとの体《てい》で、阿部豊後守は家継の顔を見ることなく、うつむいたまま言上《ごんじょう》した。

「先ごろ京都所司代《しょしだい》より、御所《ごしょ》破損の修復について、いかように奏上《そうじょう》つかまつるべきかとの問い合わせが参りましてございまする」

「越前」

また家継が間部越前守へ首を向けた。

「朝廷のことでございますれば、修復をお命じなされてしかるべしと、越前守、愚考つかまつりまする」

少し前までならば、まず間部越前守の耳に入ったことであった。間部越前守は苦い思いを隠して話した。

「うむ」

首肯した家継が、顔を阿部豊後守に向けた。

「よきにはからえ」

「ご賢察《けんさつ》、おそれいりましてございまする。ご命にしたがいまして、要りような手配をおこないまする。それでは、御免を」

一旦間部越前守を見て、満足そうに阿部豊後守が出ていった。

「あれでよいのか」

阿部豊後守の姿が見えなくなるのを待って、家継が訊《き》いた。

「ご立派でございました」

淡々と間部越前守は述べた。

「そうか」

間部越前守から褒められた家継が、うれしそうに笑った。

将軍の執務は午前中で終わるのが慣例であった。

「上様、昼餉《ひるげ》のあとはいかがなされましょうか」

家継の食事を手伝いながら、間部越前守が問うた。

中食《ちゆうじき》を終えた将軍の午後は、決められた日課もなく、将棋や囲碁を楽しんだり、小姓たちと話をしたり、古老を招いて昔話をさせたりと好きに過ごすことができた。

六代将軍家宣は、柳生《やぎゆう》や小野《おの》を迎えて剣術の稽古をしたり、林大学頭《はやしだいがくのかみ》を呼んで四書五経の講義を聞いたりしていたが、あまり丈夫ではない家継が将軍になってから、どれもおこなわれていなかった。

「奥へ帰っては駄目か」

月光院の指示で軟らかめに炊かれた米を嚙みながら、家継が間部越前守の顔色をうかがった。

「奥には七つ（午後四時ごろ）を過ぎませぬと」

「……わかった」

つらそうな顔でうなずく家継を間部越前守がなだめた。

「では、昼餉の後は午睡《ごすい》などなされてはいかがでございましょうか。少しお休みになられれば、七つなどすぐでございまする」

「ならば、越前が添い寝してくれるか」

「はい」

家継の求めに間部越前守が応じた。

将軍宣下《せんげ》のため元服《げんぷく》したとはいえ、家継はまだ六歳、母と離れるのが寂しいと、家継は毎夜大奥で過ごしていた。しかし、本来将軍が起居《ききょ》する中奥《なかおく》御休息の間にも豪勢な夜具一式が備えつけられていた。

食事を終えた家継は、御休息の間上段に用意された夜具へくるまった。

「越前も、はようせぬか」

「ご無礼を」

せかす家継に苦笑しながら、間部越前守は夜具の足下に膝を入れた。いかに比《ひ》類《るい》なき寵臣といえども、将軍家御休息の間で伏せるわけにはいかなかった。

「なにをしておる。大奥でのように横になるがいい」

世の決まりや機微《きび》などを知らない家継が、大声で間部越前守をうながした。大奥で身体を休めることができる男は、将軍ただ一人である。一門でさえない間部越前守が、大奥でくつろいでいるなど論外であった。

御休息の間下段で控えていた小姓たちが一瞬ざわめいた。

「……上様」

低い声で、間部越前守が呼んだ。

「悪いことを言ったか」

間部越前守の機嫌が悪くなったことに、家継が気づいた。

「…………」

無言で間部越前守がうなずいた。

「……すまぬ。叱らんでくれ」

泣きそうな顔を家継が夜具で隠した。

「さあ、上様。おやすみなさいませ」

こたつに膝を入れるような形で座った間部越前守が、手を伸ばして家継の夜具をゆっくりとさすった。

「…………」

すぐに、家継が寝息をたてはじめた。

家継の眠りが深くなるのを待って、間部越前守はそっと夜具から膝を抜いた。

「七つまでには戻る。上様のこと、任せたぞ」

当番の小姓たちを睨みつけて、間部越前守は御休息の間を出た。

権力は人をひきつける。来客が増え、音物《いんもつ》は山となる。誰もが愛想《あいそ》笑いを浮かべ、機嫌をうかがう。だが、ひとたび権を失えば、人は潮が引くように消えていくのだ。

家宣が六代将軍の座に就いてから、間部越前守の周囲には絶えず人がいた。城中を歩いていてもひっきりなしに呼び止められては、なにかの願いごとを頼まれ、目的地へ着くのにかなりのときがかかるほどであった。

それがまったく変わっていた。

行きかう人の誰もが間部越前守と目をあわせようとしなくなっていた。なかには廊下の角を曲がるなど、あからさまに避ける者もいた。

「ふん。豹変《ひょうへん》しおって」

間部越前守が吐きすてた。

能役者から家宣に引きたてられた間部越前守への風当たりは、もとから強かった。とくに三河《みかわ》以来という家柄を誇りとしている譜代《ふだい》の連中は、間部越前守の出自を馬鹿にし、なんとか足をひっぱろうとしていた。しかし、それを抑えつけるだけの力が間部越前守にはあった。

その間部越前守にかげりが生まれた。

家宣亡き後の間部越前守を支えてくれた家継生母月光院の失墜であった。

月光院付きの中臈《ちゅうろう》絵島と山村《やまむら》座の役者生島《いくしま》の事件は、将軍家継生母の力を大きく削《そ》ぎ落とすことになった。

「このままで終わると思うな」

独りごちた間部越前守は、早足で下部屋へと向かった。

幕府役人の休憩場所である下部屋は、役目ごとに設けられていた。そのなかでとくに老中だけは権力の証明と執務の過酷さから、一人に一室が与えられていた。老中格ながら間部越前守は六代将軍家宣から専用の下部屋を許されていた。

「越前守さま。なにか御用でも」

老中の下部屋を担当する御殿坊主が、尋ねた。

「うむ。新井筑後守《あらいちくごのかみ》どのを呼んでくれぬか」

間部越前守が言った。

老中の命を通達することから登城している大名の弁当の世話まで、御殿坊主は江戸城中の雑用を取りしきった。

老中といえども、御殿坊主に横を向かれては、茶すら飲めないのである。間部越前守もていねいな口調で頼んだ。

「承知いたしましてございまする」

深く頭をさげて御殿坊主が引き受けた。

「日浄《にちじょう》どの」

腰をあげようとした御殿坊主を間部越前守が呼び止めた。

「ほかになにか」

足を止めて日浄が首をかしげた。

「いや。これを差しあげよう」

間部越前守は懐から煙管《キセル》を出した。とある西国《さいごく》の大名から贈られたもので、煙草を入れる火皿と吸い口が金無垢《きんむく》、象牙製の羅宇《ラウ》に、細かい彫りがなされている贅沢《ぜいたく》な品である。

「よろしいので」

日浄の顔が輝いた。

「先日、褒めてくれたからの。儂《わし》はあまり吸わぬゆえ、宝の持ち腐れじゃ。煙管も使ってもらうほうがうれしかろう」

間部越前守が差しだした煙管を、日浄が受けた。

「ありがたくちょうだいつかまつりまする」

二十俵二人扶持《ぶち》、役金二十七両の御殿坊主がなかなか贅沢な生活を送ることができたのは、ここにあった。

物品をねだるのだ。

「よいものをお持ちでございますなあ」

物品を褒めて、暗にそれをくれと伝えるのである。

江戸城中ではなにをするにも御殿坊主の手が要った。頼みごとをしても聞こえないふりをされたり、後回しにされては、大名も役人もやってはいけないのだ。やむをえず、欲しがるものを下げ渡して機嫌をとる。

「では、頼む」

「おまかせを」

百両近い値の張る煙管である。上機嫌で日浄が走った。

「度《ど》し難《がた》き者なれど、今はしようもなし」

下部屋に腰をおろした間部越前守は、手持ちぶさたにつぶやいた。煙草を吸うにも愛用していた煙管を渡してしまっている。

なにをするでもなく瞑目《めいもく》していた間部越前守であったが、待つほどではなかった。

「お呼びか」

走ってきたのではないかと思うほどの早さで新井白石《はくせき》が現れた。

「筑後守どの。お呼びたてして申しわけない。どうぞ、お入りを」

間部越前守が新井白石を招いた。

新井筑後守君美《きんみ》も間部越前守と同様、家宣によって見いだされた者であった。一介の浪人者でしかなかった新井白石を、家宣は甲府《こうふ》藩儒学者に取りたて、将軍となって以降は、若年寄《わかどしより》格まで与えて重用《ちょうよう》した。

家宣から師と呼ばれた新井白石は、その庇護《ひご》のもと五代将軍綱吉《つなよし》によって乱れた幕政を立てなおすべく、辣腕《らつわん》を振るった。小判改鋳《かいちゅう》の停止、生類憐《しょうるいあわれ》みの令の廃止など次々と功績をあげた新井白石だったが、間部越前守のようにうまく立ち回れず、家宣の死によってすべての権を失った。

かろうじて寄合旗本《よりあいはたもと》の格で登城はできたが、することもなく与えられた下部屋で一日髀肉《ひにく》の嘆《たん》をかこっている新井白石の頼みの綱こそ間部越前守であった。

ともに家宣が将軍となる前から寵臣として肩を並べた二人である。新井白石が政、家宣の表を支えたのに対し、間部越前守は家宣の一人子家継の傅育、奥を担ってきた。

家継を手にしていることで、権力の交代を乗りきった間部越前守と幕閣《ばっかく》から排除された新井白石、二人の立場に大きな差が生まれていたが、譜代のような積み重ねた人脈を持たないだけに、互いのつきあいを途絶させてはいなかった。

「御用でござるか」

勢いこんで新井白石が身をのりだした。

新井白石はまだ権力の中枢《ちゆうすう》に残っている間部越前守の引きで、ふたたび幕政を手に握りたいと切望していた。

「用というほどではござらぬ。ああ。日浄どの、ご苦労でござった」

さりげなく廊下に座って、なかの話を聞き取ろうとしている日浄を間部越前守が咎《とが》めた。

「お茶などご入り用ではございませぬか。では、ごめんくださいませ」

すっと日浄が廊下の片隅へと消えていった。

「聞かれてはまずいお話のようでござるな」

下部屋の襖を新井白石が閉めた。

「さようでござる」

首肯した間部越前守だったが、しばらく無言であった。

「…………」

新井白石は、待った。

「勘定吟味役をお使いになり、絵島がことの真相を知られたでござろう」

しばらくして間部越前守が口を開いた。

絵島は月光院との逢瀬《おうせ》を手助けするなど、間部越前守の腹心《ふくしん》といっていい者であった。

「いかにも。あれは天英院《てんえいいん》さまが罠《わな》」

間部越前守へ新井白石はうなずいた。

新井白石は聡四郎に命じて絵島生島の一件を調査させ、その背後に大奥の権力争いがあることを知っていた。

「油断でござった。将軍生母に刃向かう者など、いようはずはないと決めつけておりました」

苦い顔で間部越前守が続けた。

「さすがに月光院さまへ咎めの手は伸びませなんだが……」

「天英院さまが、復権なされた」

口ごもった間部越前守の言葉を、新井白石が引き受けた。

天英院は、家宣の正室《せいしつ》である。五摂家《せっけ》の一つ近衛《このえ》家から甲府藩主であった家宣のもとに嫁ぎ、一男一女をもうけたが、ともに夭折《ようせつ》していた。家宣の死後も剃髪《ていはつ》して大奥に残ったが、家継の生母月光院の勢いに押され、ひっそりとした毎日を送っていた。

その天英院を譜代の大名たちが担いだ。

家宣の愛妾《あいしょう》であった月光院が間部越前守と密通していると知って、天英院は怒り、譜代たちの策略にのった。

それが絵島生島の一件の発端であった。

将軍生母代参として江戸城を出た絵島は、用意されていた山村座の人気役者生島との密会に舞いあがり、江戸城大奥の門限を破るという大失態をおかした。

評定所《ひょうじょうしょ》に引き出された絵島は、門限破りを罪科《つみとが》に高遠《たかとお》へ流された。腹心を失い、名前に傷のついた月光院は失意のうちにあり、大奥の権は天英院へと移った。

「本来、将軍の私《わたくし》である大奥は、表にその手を伸ばさぬのが決まり」

「しかし、実態は違いましょう。大奥は表の人事にも口をはさみ、気に入らぬ老中を罷免《ひめん》させることさえある」

間部越前守に新井白石が反論した。

「そのとおりだが、表だって動けぬだけに始末が悪い」

「大奥は将軍を握っておりますからな」

家継のような子供でなくとも、女数百の大奥でただ一人の男なのだ。武家の統《とう》領《りょう》とはいえ、大奥を抑えこむことは無理であった。

「将軍家の思《おぼ》し召しでござれば」

使番《つかいばん》の女中にこう言わせれば、幕閣といえども逆らうことはできない。

「このままでは、拙者もそう遠くない先に老中格からおろされましょう。その後は……」

「理由をつけて石高《こくだか》を減らされ、僻地《へきち》へと転封《てんぽう》され、二度と浮かびあがることはない」

権力を失った者の末路はどれも同じであった。

「そうなっては、白石先生をお引きあげすることもかなわなくなりまする」

間部越前守が、新井白石を見た。

「…………」

新井白石は応えなかった。

家宣の腹心として両輪にたとえられた新井白石と間部越前守であるが、そう親しいわけではなかった。いや、むしろ仲は悪かった。

新井白石からすれば、家宣の望んだ儒学を芯とした理想の政を家継へ伝えさせようとしない間部越前守は、不忠であった。

一方、間部越前守にとって、儒学に凝《こ》り固まり、家継を思いのままに教育しようとする新井白石は己の後ろ盾を奪おうとする仇敵《きゆうてき》であった。

だが、家宣から与えられた権益を奪われそうになった今、二人は共通の敵に立ち向かうべく手を組むしかなかった。

「どうすればよろしいか」

ゆっくりと新井白石が問うた。

「失礼ながら、白石先生に権を集めることはできますまい」

間部越前守が告げた。

かつて理想の治を追い求めるあまり、新井白石はかなり遠慮ない施策をとった。また、己の優秀さゆえ、他人がおろかに見え、遠慮会釈なく断じてきた新井白石に、敵はいても味方はいなかった。

「……承知しておる。拙者は、越前守どのが後でけっこうでござる」

新井白石もわかっていた。

「ならば、わたくしめに権が戻るようにお手伝いをしてほしいのでござる」

目的を間部越前守が語った。

「……難しいことを」

求められた新井白石は、即答できなかった。

「権を求めるは人の本性。では、権とはなにかを考えてみればよいか」

新井白石が沈思《ちんし》し始めた。

「権によって得るものは……」

「力、金、女でござるかな」

間部越前守が新井白石の独り言に返事をした。

「なかで、もっとも大きいのは」

「力でござろうな。権を使えば、人を殺しても咎められることはござらぬ」

いつのまにか問答になっていた。

「わたくしから、その力は奪われた」

「残念ながら」

「となれば、残る二つでござるが、女もちとまずい」

新井白石が首を振った。間部越前守の凋落《ちょうらく》は月光院との不義に端を発していた。

不義密通は御法度《ごはっと》である。相手が将軍生母の月光院ゆえ、表沙汰にできないだけで、本来ならば間部越前守は切腹、藩は取り潰《つぶ》しになってしかるべきであった。

「……………」

さすがにうなずくことはできず、間部越前守は沈黙した。

「残るは金でござるが」

うかがうような顔で、新井白石が間部越前守を見た。

「ほとんどござらぬ」

間部越前守が首を振った。

今でこそ上州《じょうしゅう》高崎《たかさき》五万石の大名となった間部越前守であるが、もとは百五十俵十人扶持の小身《しょうしん》である。譜代の大名のように重代の家宝もなく、相模《さがみ》から高崎へと移封《いほう》されたときの費用や、新規召し抱えに伴う支度金など出費が続き、間部家の台所は火の車であった。

「少し前ならば、いくらでも金を集められたでしょうが、今ではそれもきびしい」

小さく新井白石も首を振った。

権力の座にあるときは、周りに人が寄り、金も工面できた。しかし、ひとたび転げると、とたんに人はいなくなり、金も回らなくなる。

「金でもあれば、人心を買うことも……」

新井白石は大きく嘆息した。

「藩出入りの商人に相談いたしてみましょうぞ。数千両ほどならば、来年の年貢をかたにすれば……」

「数千では、焼け石に水でござる」

足りないと新井白石が言った。

「城下の商人では、それが精一杯」

悔しそうな顔を間部越前守がした。

「……………」

新井白石も瞑目するしかなかった。

「金か」

最後に間部越前守の口から出たのは、愚痴であった。

二

入江無手斎《いりえむてさい》は、しばらくの間、道場を閉めることにした。

「片腕が使えぬでは、教えることもままならぬ。かと申して道場を任せてもよい聡四郎や玄馬はそれぞれの役目がある。なにより、我が剣は一放流《いっぽう》ではなくなったわ」

宿敵浅山鬼伝斎《あさやまきでんさい》との決着は入江無手斎の勝利に終わったが、その代償は大きかった。入江無手斎は右手に大きな傷を負い、まともに柄《つか》を握れなくなってしまった。

「師……」

「…………」

呼びだされて道場まで来た聡四郎と大宮玄馬が息をのんだ。

「心配せずともよい。一年や二年喰うに困らぬだけのものは貯えてある」

入江無手斎が笑った。

「そのようなことではございませぬ」

聡四郎は、気色《けしき》ばんだ。

「あいかわらず、冗談のつうじぬやつよな」

あきれたように、入江無手斎が嘆息した。

「修練を積みなおしたいのだ」

意外なことを入江無手斎が告げた。

一放流を極め、名を知られた入江無手斎が、修行をしなおすと宣したのだ。聡四郎も大宮玄馬も驚愕《きようがく》した。

「日々修練、死ぬまで修行などという寝ぼけたことを言うつもりはないぞ」

入江無手斎が苦笑した。

「知ってのとおり、一放流は全身の力を切っ先に集め、一刀両断に敵を斬るのが極意。だが、儂《わし》は浅山鬼伝斎との戦いで、右手の力を失った。これでは、雷閃《らいせん》を撃つことなどかなわぬ」

真剣な表情で入江無手斎が言った。

雷閃とは一放流必殺の太刀である。肩に太刀を担ぐような構えから、全身の力を集めて、真っ向から敵を二つにする。それこそ地を噛む足の指から、膝、腰、肩、腕とたわめたすべての筋を使う。とくに太刀を支える両腕の力は重要であった。

「左手だけで雷閃が撃てぬわけではない。きびしいことを言うようだが、左手だけでも、玄馬、そなた渾身《こんしん》の雷閃よりも強いであろう」

「…………」

目を向けられた大宮玄馬がうつむいた。

大宮玄馬は一放流を身につけるには小柄すぎた。戦場で武者を鎧兜《よろいかぶと》ごと倒すために編みだされた一放流にとって、重さを加えられないのは致命傷であった。麒麟児《きりんじ》と賞されながら、一放流ではなく小太刀へと技を変えざるをえなかった大宮玄馬の無念がそこにあった。

「威力だけではないのだ」

入江無手斎が続けた。

「いかに左手だけで太刀を支えられるように鍛えたところで、筋が調《ととの》わぬ」

「筋でございますか」

聡四郎がくりかえした。

「うむ。人の身体は筋によって動く。太刀の柄を左右両手で持つゆえ、正面から斬り落とす一刀がまっすぐになる。なればこそ丸い頭蓋をも断てる。しかし、右手の支えがなくなれば、筋はどうしても傾いてしまう。斜めになった刃道は、頭蓋の骨の丸みに負けて、すべる」

すっと入江無手斎が、左手を振りあげておろして見せた。

「ならば袈裟懸《けさが》けを得手《えて》とすればよいと申す輩《やから》もおるだろう。それは剣術を知らぬ者の戯言《ざれごと》でしかない。わかるか、聡四郎」

「はい」

問われた聡四郎はうなずいた。

「まっすぐ撃つことだけを考えて作りあげてきた筋は、斜めの動きを得手といたしませぬ」

「そうじゃ」

聡四郎の答えに、入江無手斎が首肯した。

「わかったであろう。儂がしようとしておることを」

「おそれいりましてございまする」

新しく筋を作りなおすと告げた入江無手斎に、聡四郎と大宮玄馬は敬服した。

「ついては、聡四郎。そなた、儂の修行の相手をいたせ」

「はっ」

師の鍛錬につきそうことを命じられることは、弟子として最高の栄誉であった。

「なれど役目をおろそかにしてはならぬ。よいな。そなたは剣士ではない、御上《おかみ》の役人である。その立場は見失うな」

入江無手斎が念を押した。

「はっ」

聡四郎はしっかりとうなずいた。

「では、早速やるぞ」

入江無手斎が、袋竹刀《ふくろしない》を手にした。

「お願いいたしまする」

あわてて聡四郎も立ちあがった。

いつもの稽古なら、聡四郎からしかけるのを入江無手斎が受けた。教えを請《こ》う者の礼儀である。それが逆になった。

「参るぞ」

入江無手斎が先に袋竹刀を振りかぶった。

「おう」

聡四郎は、袋竹刀を青眼に構えた。

上段を極意とする一放流の青眼は、他流に比べてわずかに切っ先が高い。他流が切っ先を喉へ擬《ぎ》するのに対し、一放流は敵の額に据える。

聡四郎は、間合いを二間（約三・六メートル）に保った。

「…………」

聡四郎は待った。

左手だけで袋竹刀を支えていた入江無手斎が構えを変えた。まっすぐにあげていた袋竹刀を左へと傾け、同時に右足を半歩前に出した。

「ううむ」

道場の壁際で見学している大宮玄馬がうなった。初めてとは思えないほど入江無手斎の形はすわっていた。

ゆっくりと聡四郎は切っ先を下げた。

稽古ならば、弟弟子の一撃を受けてさばき、そののちに正しい筋を教える。しかし、師入江無手斎の修行の相手で、それはできなかった。

聡四郎の役目は、入江無手斎の動きを止めることであった。入江無手斎の編みだした工夫に徹底して対抗することこそ、求められていた。

「りゃああ」

珍しく気合いをあげて、入江無手斎が撃ってきた。

「……うん」

息をつめて、聡四郎は腰を落とし、青眼の袋竹刀を右へと振った。

「くっ……」

一刀を弾かれた入江無手斎が半間（約九一センチ）下がった。

「これは」

受けた袋竹刀の軽さに、聡四郎は愕然とした。

入江道場で、最古参となる聡四郎は、数えきれないほど師の一撃を喰らってきた。それこそ何度となく、防いだはずの袋竹刀を粉砕され、脳天を撃たれた。意識を失うことなど日常茶飯事であった。だが、兜さえ割るといわれた力がそこにはなかった。

「驚いたか。それが今の儂の精一杯じゃ」

聡四郎の思いを見抜いて、入江無手斎が苦笑した。

「師……」

「言うな」

口を開きかけた聡四郎を入江無手斎が止めた。

「なにも真っ向唐竹《からたけ》割りにせずとも、首筋の急所を狙うようにすればどうだと言いたいのであろう」

「…………」

読まれて聡四郎は黙った。

「儂が道場を持っていないのならそれでいい。だが、儂には一放流の看板と教えている弟子たちがおるのだ。本筋からはずれた技しか遣えなくなっては、その二つともを失わねばならぬ。剣士として生きてゆけても、剣術遣いとしては死んだも同然じゃ。今まで儂から一放流を学んでいた者たちに、どう言いわけする」

「ご無礼なことを申しました」

聡四郎は師の志《こころざし》の高さに、頭をさげた。

「わかればよい。参るぞ」

ふたたび入江無手斎が、先ほどと同じ太刀を浴びせてきた。

「おうよ」

聡四郎は受けた。

「……はあ」

袋竹刀の当たった反動を利用して、入江無手斎は構えを戻した。

「さああ」

立て続けに入江無手斎が袋竹刀を振るった。

「やあ」

さすがに聡四郎は、反撃に出ることをためらった。

「馬鹿め、かかしではあるまいに。黙って立っておるだけでは、儂の修行の足しにならぬぞ」

五度ほどくりかえして、入江無手斎がいらだった。

「儂を師と思うな。ともに修行する同輩とあつかえ。でなくば意味がないのだ。老い先の見えた儂に無駄なときを使わせるな」

「はっ」

言われて聡四郎は首肯した。

「行くぞ」

入江無手斎の袋竹刀がうなりをあげて、聡四郎の首筋を襲った。

「ぬん」

遠慮なく聡四郎は、入江無手斎の袋竹刀を押さえこみ、そのまま巻き落とした。乾いた音がして、入江無手斎の袋竹刀が床へと転がった。

「えっ」

「まさか」

初めて見る光景に、聡四郎も大宮玄馬も絶句した。床へ落ちた袋竹刀に目を奪われ、聡四郎も大宮玄馬も、入江無手斎が表情を硬くしたことに気がつかなかった。

「これまで」

静かに入江無手斎が宣した。

「ありがとう存じまする」

気を取りなおした聡四郎が姿勢を正した。

「よし。では、今宵はもう遅い、帰るがいい。修行は三日ごとといたそう。道具のことややりようなど、一人で考えたいこともある」

「わかりましてございまする」

目で大宮玄馬を誘って、聡四郎は入江無手斎の前から下がった。

「聡四郎よ」

一人きりになった入江無手斎がつぶやいた。

「儂にしてやれることは、これが最後じゃ。そなたの剣筋にある傷。たわめられればよいが」

入江無手斎の修行は口実であった。

人気《ひとけ》のなくなった道場に、急に老けた入江無手斎の声は響くことなく消えていった。

浅草《あさくさ》の裏長屋に逼塞《ひっそく》してからも紀伊国《きのくに》屋文左衛門《ぶんざえもん》のもとへ、訪ねてくる人は絶えなかった。

「紀伊国屋、またぞろ頼む」

立派な身形《みなり》の武家が、頭をさげた。

「伊沢《いざわ》さま」

紀伊国屋文左衛門があきれた顔をした。

「わたくしは隠居の身。いっさいを番頭どもにたくしておりますれば、八丁堀《はっちょうぼり》の店でお話をなさってくださいませ」

「わかっておる、わかっておる。だが、店で断られたのだ。このうえは、紀伊国屋にすがるしかない。恥ずかしいが、玉落ちで藩士たちに渡す禄もないのだ」

伊沢が、顔をあげた。

玉落ちとは、扶持米《ふちまい》取りの旗本、御家人《ごけにん》に米を支給することである。十月、二月、五月の三回に分けられ、禄米百俵ならば、収穫の秋十月に半分の五十俵、残り二回に二十五俵ずつが渡された。

「番頭が断るのも当然でございましょう。伊沢さま。そちらさまのお家には、しめて二万両もの大金をお貸ししたままでございまする。お約定《やくじょう》では昨秋の収穫をもってご精算くださるはずでございましたが、利息さえちょうだいいたしておりませぬ。このような状況であらたなご用立てなどできようはずがございますまい」

きびしい顔で紀伊国屋文左衛門が言った。

「すまぬと思っておる。昨年の収穫で少しは余裕が出るはずであったが、思ったよりも出費が多く、あまるどころか不足してしまった。今度こそまちがいなく、次の年貢でまとめて元利ともに返済いたすゆえ。まげて頼む」

ふたたび伊沢が低頭した。

「秋の年貢で完済してくださると」

「江戸家老として、約束いたす」

伊沢が請け合った。

「……伊沢さま。お家は何万石でございましたかな」

「我が藩は七万二千石じゃが」

問われて伊沢が答えた。

「七万二千石は表高《おもてだか》。実高は少し多くございましょうから、五公五民で年貢はおよそ四万石。そこから知行《ちぎよう》取りの藩士方の分が差し引かれて、残りはざっと二万石」

「…………」

聞いている伊沢が唾をのんだ。

「残りのなかには、禄米取りの方々の扶持も含まれておりますが、今回はそれを無視して数えさせていただきまする。二万石は玄米で、精白すれば一割の目減り。差し引き残り一万八千石。それを全部売ったところで、一万八千両にしかなりませぬ」

わざとらしく紀伊国屋文左衛門が算盤を置いた。

「わたくしが今までにお貸しした金額が元金だけで二万両。利息を足せば、三万八千両になりまする。三万八千両に対して一万八千両では、全然足りませぬ」

「うっ」

指摘されて伊沢が、絶句した。

「今、江戸家老として約束するとおっしゃいましたが、まさか返せなかったので家老を辞任した。これで勘弁してくれと言われるつもりではございませんでしょうな」

「いや、それは」

図星をさされて、伊沢が口ごもった。

「商人を舐めていただいては困りますな」

冷たい口調で、紀伊国屋文左衛門が述べた。

「お侍さまの刀が、商人では金。命よりもたいせつなものでございまする。それをいとも簡単に踏み倒そうとなさる」

「いや、そういうわけでは」

「お黙りを」

言いわけしかけた伊沢の口を紀伊国屋文左衛門が封じた。

「わたくしが知らぬとでもお思いか。お殿さまは、お寺社奉行になられたいとの願いをお持ちだとか」

ぐっと睨みつけられて伊沢が目をそらした。

「三代にわたって、お奏者番《そうしゃばん》にもなられておられぬお家柄では、よほどのことがなければ、お寺社奉行に就くのは難しゅうございましょう」

大名や旗本が幕府の役に就くには、必須の要件があった。一つは家柄である。もう一つが親戚縁者の引きであった。

三代にわたって無役を続けたとなれば、このどちらかが大きく欠けている証拠であった。

「引きの縁を断たれるようなことがござったのではございませぬか」

紀伊国屋文左衛門が問うた。

「それは……」

伊沢が顔色を変えた。

「今までご用立てしたお金は、ちぎれた引きの糸をふたたび紡《つむ》ぐために遣われたのか、新しい引きを作るために撒《ま》かれたのか存じませぬが……」

ゆっくりと紀伊国屋文左衛門が目を閉じた。

「じつに無駄なことに費《つい》やされた」

「無駄とはなんだ、無駄とは。とある御老中さまからは、色よいお返事をいただいておるのだ。あと少しでどうにかしてやれるとな」

初めて強い語気で伊沢が反論した。

「三年と二万両、いやさらに一万両まで捨てて寺社奉行になって、どうなさるおつもりで」

感情をなくした声で紀伊国屋文左衛門が訊いた。

「殿は、寺社奉行を足がかりに、若年寄、そして老中へとあがっていかれるのだ」

伊沢の話に紀伊国屋文左衛門が噴きだした。

「夢物語はご勘弁願えませぬか」

「無礼だぞ。いかに紀伊国屋といえども、殿を愚弄《ぐろう》することは許さぬ」

さっと伊沢の顔色が変わった。

「お殿さまのことを申しあげておるのではございませぬ。寺社奉行になるのに三万両。では、若年寄になるのはいくらで、老中になるにはどのくらいの金が要りましょう」

からかうように紀伊国屋文左衛門が尋ねた。

「寺社奉行ともなれば、各所の寺社や縁を求めてくる大名、旗本、商人どもが金を工面してくれよう」

伊沢がどうにでもなるのだと言った。

「では、そのようなお方にお頼みくださいませ。紀伊国屋は、絵に描いた餅に払う代金を持ち合わせてはおりませぬ。どうぞ、お引き取りを」

紀伊国屋文左衛門は伊沢を切って捨てた。

「ま、待ってくれ。紀伊国屋。餅を現実にするためには、あとどうしても一万両要るのだ。でなければすでに遣った二万両も無駄になる」

あわてて伊沢が泣きついた。

「世間をご存じないならば、少しお勉強をなされませ。一度務めれば三代裕福になれるという長崎《ながさき》奉行でさえ、数千両。よほどの家柄不足でも一万両も出せばなれましょう。さして余得のない寺社奉行なら、いくらでいけましょうか。ものには相場というものがございまする」

「騙されたと言うか」

伊沢が気色《けしき》ばんだ。

「さあ、どうでございましょうか。とにかく紀伊国屋はもう一文《もん》もお貸しいたしませぬ。出かけるよ」

紀伊国屋文左衛門は、伊沢の用件はすんだと立ちあがり、妻に声をかけた。

「気をつけて行っておいでな」

老妻はなにも訊かずに、紀伊国屋文左衛門を送りだした。

浅草の長屋を出た紀伊国屋文左衛門は、南へと進んだ。

「お玉落ちの時期か。どことも金は喉から手が出るほど欲しいだろうねえ」

浅草には幕府の御米蔵《おこめぐら》があった。米俵を載せた大八車が道のまんなかを我が物顔に行きかっている。

「昔は儲けさせてもらったねえ。荻原近江守《おぎわらおうみのかみ》さまは、なかなかに頭の回るお方だった。勘定奉行が決める幕府米の値段。相場を下げることで、実際の米相場との差益を作り出し、それを懐に入れるなんぞ、お武家さまの考えつくことじゃないよ。あのお人は商人として生まれてくればよかったものを」

紀伊国屋文左衛門は独りごちた。

「柳沢《やなぎさわ》さまもそうだが、どうもお武家というのは、金を撒くことしか思いつかないようだ。金は遣えばなくなる。なくならないように増やさなきゃいけないというのがわからないのかねえ」

足早に歩きながら、紀伊国屋文左衛門は首をかしげた。

「どの大名方も、金がなくなれば商人に貸せと言う。借りたものは利息をつけて返さなければいけないんだよ」

紀伊国屋文左衛門は、あきれていた。

「もっとも、それだから、おもしろいこともできるのだがね」

八丁堀の店に紀伊国屋文左衛門が着いた。

「これは、旦那さま」

店を預かる番頭の一人多助《たすけ》があわてて土間へと降りてきた。

「多助か。ちょうどよかった。ついてきなさい」

紀伊国屋文左衛門は、さっさと奥へ入った。

町方与力同心の屋敷が建ち並ぶ八丁堀で、ひときわ立派なのが紀伊国屋であった。

ちょっとした大名の下屋敷ほどの敷地を誇り、店の奥には豪壮な邸宅が続いていた。

紀伊国屋文左衛門は、みごとな庭の見渡せる書院に腰をおろした。

「手入れはちゃんとしているようだね」

満足そうに紀伊国屋文左衛門がうなずいた。

「へい。月に一度は植木屋を呼んでおりまする」

襖際に座った多助が答えた。

「結構だ。ここの手入れは怠るんじゃないよ。いつどなたをお招きすることになるかわからないからね。庭に雑草が生えていたり、ちょっと襖が破れているだけで、人というのは勘ぐるものだ。紀伊国屋は、屋敷を修繕するだけの金もなくなった。そう思われたら終わりだよ」

「承知しておりやす」

多助が頭をさげた。

「ところで、多助」

紀伊国屋文左衛門が多助を手招きした。

「どうなっている」

近づいてきた多助に問うた。

「ずいぶんとお金を遣いましたが、どうやらうまくいったようで。御殿坊主から報せがございました。越前が筑後を招いたそうでございまする」

越前とは間部越前守であり、筑後は新井白石であった。

「そうかい、そうかい。仲の悪い相手を頼るとはいよいよせっぱ詰まってきたようだね」

満足そうに紀伊国屋文左衛門が首肯した。

「お玉落ちのころだというのもいい。よし、多助。まず大坂《おおさか》の店に飛脚《ひきやく》をたてな、抱えている米を相場より安く全部売ってしまえと伝えておくれ。この時期、米の値段が下がれば、給金を支払うお大名たちには大きな痛手となり、越前の懐はいっそう寒くなる」

紀伊国屋文左衛門が笑った。

「よろしいのでございますか。大坂の米全部となりますと、数万両近い損失が出ますが」

損害の大きさに多助が聞きなおした。

「心配しなくていい。その分、あとできっちり儲けさせてもらう」

「へい」

多助が納得した。

「米が下がったところで、多助、おまえに頼もう」

「越前のもとへ行けばよろしいのでございますね」

「ああ。身分は……そうだね。木更津《きさらづ》の廻船《かいせん》問屋舟《ふな》屋の主《あるじ》とでも名のっておきなさい。江戸へ出店を出したいので、廻船問屋の株仲間に入れてほしいと、まずは一箱届けておいで」

一箱とは千両のことだ。

「会うのは勘定奉行でいいからね。金に困った連中は、すぐに食いついてくるから、遠慮なく金を出しておやりなさい。もちろん、言われるままではいけませんよ。渋ってみせたり、願いを増やしてみせたりの手管《てくだ》はね」

「おまかせを」

紀伊国屋文左衛門の注文を多助は理解していた。

「この月の終わりには、越前を金の縄でぐるぐる巻きにできるようにね」

用はすんだと紀伊国屋文左衛門が、書院から庭へと出た。

「わたしがいなくなっても、庭の桜はまた咲くんだろうねえ」

みごとな葉桜になった木に触れながら、紀伊国屋文左衛門がつぶやいた。

三

大坂で米相場が暴落した。

「なにがあった」

幕府勘定方は恐慌《きようこう》におちいった。

「まだ詳細は知れませぬが、数万石をこえる米が売りに出たようでございまする」

勘定奉行水野《みずの》対馬守《つしまのかみ》忠順《ただより》の詰問《きつもん》に、勘定衆勝手方《かつてかた》が首を振った。

「お玉落ちのときぞ。米の値段が些少《さしよう》下がることはあっても、このような値動きにはならぬ。大坂に調査を命じよ」

「すでに」

言われる前に手が打てぬようでは、勘定衆は務まらなかった。

「わかりしだい報せよ。やった者がわかれば、ただではすまさぬ」

怒気《どき》もあらわに水野対馬守が宣した。

八万騎は大げさであるが、幕府にはたくさんの旗本御家人がいた。そのほとんどが浅草御米蔵から禄米を、そして金奉行《かねぶぎよう》から給金を受け取る身分であった。米は現物を備蓄しているので、影響がないようにも見えるが、売り値が下がれば幕臣たちの現金収入が目減りすることになる。とくに本禄を持たない扶持米だけの伊賀者同心や、数十俵ほどの御家人たちにとっては、死活にかかわった。

幕府でさえ揺れたのだ。各藩の衝撃ははるかに大きかった。

「殿」

大奥泊まりを止めて屋敷に戻るようになった間部越前守は、悲愴な顔の江戸家老に迎えられた。

「米か」

「はい。いえ、金でございまする」

江戸家老が間部越前守を見あげた。

「転封のおりにいたしました借財の支払いに支障が出ておりまする」

年貢として納められる米を収入のもととしているだけに、相場の暴落は凶作以上の被害を藩財政にもたらした。

「事情は商人どももわかっておろう。しばし待てと申せ」

間部越前守が命じた。

「それが……」

江戸家老が口ごもった。

「商人どもの催促がきびしくなっておりまして」

「そうか」

ここにも権力の凋落は表れていた。

「この月の終わりまでに二千両どうしても工面いたさねばなりませぬ」

辛そうな声で江戸家老が言った。

「ないのか、たった二千両が」

間部越前守が言葉を失った。

「申しわけなき仕儀《しぎ》ながら。絵島の後始末で金蔵が底をつきましてございまする」

江戸家老が語った。

「ううむ」

かなりの金を要路に撒くことで間部越前守は、絵島の罪状を密通から江戸城門限破りへとすりかえた。

密通となれば、絵島は死罪となる。死ぬと決まれば、それこそ絵島がなにを言いだすかわからない。死なばもろともと、間部越前守と月光院の不義をしゃべられたら、首がとぶことになる。間部越前守は、絵島を生かすことで、我慢さえしていれば時期を見て助けてやると報せ、暗に黙っていろと命じたのであった。

「殺しておけばよかったか」

間部越前守が臍《ほぞ》を噛んだ。評定所へ呼びだされる前に、絵島の息の根を止めておけば、よけいな金を遣わずともよかった。

「殿」

さすがに江戸家老がたしなめた。

「こうなってはなりふり構ってはおられぬ。売れるものは全部処分せよ。少しでも金を渡して商人どもをなだめよ」

「はっ」

江戸家老が平伏した。

まだ歴史の浅い間部家に値の張るような家宝はそうなかった。誼《よしみ》をと願ってきた大名たちが挨拶代わりにくれた壺や書画、刀だけである。

出入りの商人を呼んで値段をつけさせたところで、米の価格が下がり諸色《しょしき》が高騰しているために、それほどの金額にはならなかった。

「まだ足りぬ。あと七百両」

間部家勘定奉行が苦悶《くもん》しているところへ、藩士が声をかけた。

「勘定奉行さま。木更津の廻船問屋舟屋の主が、お目にかかりたいと申しておりまする」

「舟屋、知らぬな。まあよい。玄関脇の小部屋へ通しておけ」

初めて聞く名前に首をかしげながらも、藁《わら》にもすがる思いで勘定奉行は舟屋との面会を承諾した。

小部屋では、中年の商人と若い手代が待っていた。

「待たせたか。儂が勘定奉行の末木主水《すえきもんど》である」

上座に立ったままで末木が名のった。

「お目通りをいただきましてありがたく存じまする。わたくしは木更津で廻船問屋を営んでおりまする舟屋多助と申しまする。以後、お見知りおきくださいませ」

多助と手代が額を床にこすりつけた。

「その舟屋が、なんの用じゃ」

「おかげさまをもちまして、わたくしどもの商いも順調でございまする。つきましては、江戸に出店を持たせていただきたく、こうしてお願いに参ったわけでございまする」

平伏したまま多助が言った。

「株仲間を増やせということか」

末木は要点を口にした。

「はい」

「だが、そう簡単ではないぞ。すでに株仲間を作っておる廻船問屋どもの反発は必至じゃ」

「承知いたしております」

少しだけ多助が顔をあげた。

「そこで御上随一のお力をお持ちの間部越前守さまにおすがりしたいと。用意を」

後ろに控えている手代に、多助が合図をした。

手代が左脇に置いていた箱を押しだした。

「ご挨拶代わりでございまする。田舎者のこと、お叱りもございましょうが、なにとぞお納めのほどを」

「……これは」

末木は目を見張った。

「失礼ながら、株仲間のお願いとは別でございまする。今後ともお目通りをお許しいただけますれば望外《ぼうがい》の喜び」

多助がもう一度千両箱を押した。

「それとこちらは、別にお奉行さまへ」

懐から金包みを二つ、五十両を多助は出した。

「長きおつきあいをお願い申しあげまする。それでは、本日はこれにて下がらせていただきまする。お忙しいところ、ありがとうございました」

を後にした。

小判の威力に気を奪われている末木を残して、多助たちは間部越前守の上屋敷

数日後、紀伊国屋文左衛門は茅町《かやちょう》二丁目にある甲府柳沢家中屋敷に呼びださ
れていた。

「ご機嫌うるわしく」

紀伊国屋文左衛門の挨拶を柳沢吉保《よしやす》は横になりながら受けた。

「よいわけなかろう。見てのとおりじゃ。もうまともに起きあがることもでき
ぬ」

血色のいい紀伊国屋文左衛門の顔を、柳沢吉保が睨みつけた。

「お疲れが出ただけでございましょう。ご大老《たいろう》さまともあろうお方が、病ごとき
で弱気になられてどうなさいまする」

笑いながら紀伊国屋文左衛門が励ましの言葉を口にした。

「ふん。あいかわらずじゃな。きさまの口から真《まこと》が出たことなどあるかの」

露骨な追従《ついしょう》に柳沢吉保が苦笑した。

「それより、間部越前守へのつながりを作ったそうだの」

寝ながらにして柳沢吉保は、紀伊国屋文左衛門の行動を知っていた。

「これはいつもながらの早耳でございますな。ご命令のとおり、間部越前守さまを金でがんじがらめにいたす初手は打ちましてございまする」

驚きを紀伊国屋文左衛門は、わざと顔に出した。

「白々《しらじら》しい奴よな。しかし、大坂でのことは、やりすぎじゃ」

柳沢吉保が苦い顔をした。

「我が柳沢家もかなりの損失を出したという。御当主甲斐守《かいのかみ》さまに申しわけなくて、夜も眠られぬわ」

「後ほど埋めさせていただきますれば」

苦笑しながら、紀伊国屋文左衛門が応じた。

「で、本日の御用は」

今までの話が前振りでしかないと、紀伊国屋文左衛門は長いつきあいから気づいていた。

「そろそろ八代さまを選ぶ時期に参ったと思うが、どうじゃ、紀伊国屋」

世間話のように柳沢吉保が言った。

「……それは」

意図を読んだ紀伊国屋文左衛門が息をのんだ。

「儂の目の黒いうちに甲斐守吉里《よしさと》さまをお城へお返し申さねば、泉下《せんか》で綱吉さまにお目通りを願うことができぬ」

小身から大老格二十二万石余の太守《たいしゅ》にまで引きあげてくれた綱吉のことを、柳沢吉保は神のごとく崇《あが》めていた。

「子供が迷うてはかわいそうじゃ。あの世への道は、儂が手を引いてやる」

柳沢吉保は、七代将軍家継を亡き者にしろと紀伊国屋文左衛門に命じていた。

「ご大老さま、それはさすがに」

無理だと紀伊国屋文左衛門は言った。

「おまえのもとには手練《てだ》れが何人もおろう」

「剣が遣える者、鉄炮のうまい者ならば用意できまするが、江戸城から出てきてもらわぬことにはどうしようも」

紀伊国屋文左衛門が首を振った。

「ふん」

天井を見ながら、柳沢吉保が鼻で笑った。

「忍を飼っておろう」

「……ご存じでしたか」

柳沢吉保の指摘を、紀伊国屋文左衛門は低い声で認めた。

「きさまがここまでの身代《しんだい》を築きあげてくるまでの間に、何人の商人、役人が不審な死に方をした。斬られたわけでもなく、撃たれたわけでもない。朝、寝床で死んでいたというのが、いくつもあった」

柳沢吉保が実例をあげた。

紀伊国屋文左衛門は忍を飼っていた。紀伊国屋文左衛門の出身地紀州熊野《きしゅうくまの》の修験《しゅげん》崩れで、どこの忍の流派にも属してはいないが、かなりの腕利きである。

「忍に死ねと」

念を押すように紀伊国屋文左衛門が述べた。

役に立つ忍を雇うことは至難の業《わざ》であった。紀伊国屋文左衛門も簡単にはうなずけなかった。

「将軍を襲えば、江戸城すべてを敵に回すことになりましょう。いくら腕が立とうとも、中奥将軍家御休息の間から逃げだすことは難しゅうございまする」

将軍の居城だけに、江戸城は忍に対する防御も徹底していた。天井や床下には、要所要所に鉄を埋めこんだ仕切りが設けられており、将軍御休息の間にいたっては、畳の下に鉄板まで敷かれている。

また将軍の周囲には、小姓番、書院番《しよいんばん》、新番《しんばん》と武《ぶ》で仕える旗本が控えていた。番士たちは、身を挺《てい》して将軍を守ることを先祖代々の血として叩きこまれている。さらに、何人もの毒味も控えていた。食事に毒を入れることも無理であった。

「中奥で無理ならば、大奥でやればいい」

あっさりと柳沢吉保が告げた。

「大奥ならば、警衛の番士もおらぬ」

「無茶なことをおおせになる。大奥といえば、江戸城のまんなかでございまする」

「忍べぬていどの者か」

柳沢吉保があきれた。

「そうではございませぬ」

紀伊国屋文左衛門が首を振った。

「いかな練達の忍とはいえ、大奥に入るには邪魔が多すぎまするる」

「ふうむ」

言われて柳沢吉保がうなった。

「ならば、黒鍬者《くろくわもの》を貸してやる」

「貸してやると言われましても」

さすがの紀伊国屋文左衛門もことがことだけに二の足を踏んだ。

「黒鍬者といえば、江戸の土木を担う連中ではございませんか。それが、大奥へ忍びこむ役に立つとは思えませぬが」

「あやつらは、金を探して森に分け入った山師の末よ。なかなかに遣える」

「ですが、どうやって」

紀伊国屋文左衛門は、うなずけなかった。

「そのあたりは任せる。黒鍬者頭《がしら》の藤堂二記《とうどうふたき》には話をつけておく。方法を考えてから、会うがいい」

「一介の商人になにを……」

「鎖国の禁をおかそうとしている紀伊国屋が、そのていどで躊躇《ちゅうちょ》するな。将軍を殺しても国を出てしまえば、追われることはない」

柳沢吉保は、紀伊国屋文左衛門が海外へ行きたがっていることを知っていた。

「…………」

紀伊国屋文左衛門は苦笑するしかなかった。

「儂が手を出すことはできぬ。万一将軍殺しが儂の手によるものと知られては、吉里さまに傷がつく。家継を除けても、吉里さまが八代になれなければ、意味がない」

あっさりと柳沢吉保は手を汚すことはしないと告げた。

「黒鍬者にも儂の名前は出すなと念を入れてある。それにな、ことがうまく運べば、幕府は大騒動になろう。将軍が死んでしまうのだからな。新しい将軍を迎えれば、慣例で朝鮮からの祝賀使も受け入れねばならぬ。朝鮮からの使いが来るとなれば、博多《はかた》に異国の船が入ってもおかしくはないぞ」

暗に柳沢吉保が、海外逃亡を勧めた。

「……はあ」

紀伊国屋文左衛門は受けるしかなかった。

「疲れたわ。もう行け」

柳沢吉保が目を閉じた。

紀伊国屋文左衛門は、急ぎ足で中屋敷を出た。

「妄執《もうしゅう》につきあわされるのは勘弁願いたいが、今さら逃げだすこともできない。もう少し勘定吟味役の水城さんがどうなるか見てみたかったが、そろそろ潮時かねえ」

醒めた目で紀伊国屋文左衛門は、つぶやいた。

足音も荒く勘定奉行水野対馬守が内座《ないざ》に入ってきた。

「勘定吟味役はおるか」

水野対馬守の問いかけに聡四郎を含めた三人が応えた。

「所司代どのより、京の銀座で不正ありとのお報せがあった。誰か取り調べをして参れ」

「わたくしが」

同役の一人が手をあげた。

「話によると、このたびの正徳《しょうとく》小判改鋳に乗じたものらしい。金の含みを減らし、小判の枚数を水増ししておるようじゃ。きびしく取り調べて参れ」

「承知つかまつった」

請けおった勘定吟味役が席を立った。

「貴公は、大坂での米相場暴落についてまとめよ」

「承った」

もう一人の勘定吟味役も首肯した。

「あとは……」

内座を見回した水野対馬守は、ちらと聡四郎に目をくれたが、なにも言わなかった。

「ふむ。では、頼んだぞ」

腰をおろすこともなく、水野対馬守が内座を出ていった。

「露骨なことをなさる」

太田彦左衛門《おおたひこざえもん》が、苦い顔をした。

「辞めよと言われぬだけましでござろう」

聡四郎も苦笑した。

五代将軍綱吉の死後も勘定方を牛耳《ぎゆうじ》っていた勘定奉行荻原近江守を排除するために、新井白石が放った刺客が聡四郎であった。そして聡四郎は新井白石の狙いどおり、荻原近江守の失点を洗いだし、幕政から放逐《ほうちく》した。

だがそれは、荻原近江守の下で好き放題していた勘定方にとって、やはり代々勘定方の家柄に生まれながら新井白石に与した聡四郎は裏切り者でしかなかった。

こうして聡四郎は勘定方のなかで一人浮いていた。

「そういえば不思議でございますな。六代将軍家宣さまが亡くなられ、新井白石さまが幕政で力を失われたにもかかわらず、水城さまは勘定吟味役のまま」

あらためて気づいたと太田彦左衛門が驚いた。

「そうでござるな」

言われて聡四郎も疑問に思った。

勘定吟味役として聡四郎はいくつかの功績を挙げていた。元禄《げんろく》小判改鋳のからくりを解明したのを始め、紀伊国屋文左衛門に代表される豪商たちの木材価格つりあげの裏を白日《はくじつ》のもとにさらしたことなどである。

対して、聡四郎には疵《きず》がなかった。というのは、書付を審査するなど、剣術しかやったことのない聡四郎の苦手な仕事が回されてこないからである。

仕事を与えず、干すことで排除しようとした勘定方は、逆に聡四郎の失敗を防ぐ結果になっていた。

「勘定方からはずすのは、なにも御役御免《おやくごめん》だけではございませぬ。転属させてしまえばよろしゅうございまする。それこそ、栄転と見せかけた左遷はいくらでもございますれば」

太田彦左衛門の言うとおりであった。

激務でありながら、勘定筋は番方《ばんかた》より格下にあつかわれてきた。これは、幕府が武で成立していることによった。

しかし、戦がなくなってときを経れば、武は無用の長物となり、金がすべての中心となっていくのは当然の帰結であった。今では勘定筋に籍を置くことが出世の早道となっていた。なかでも幕府の経済を握る勘定方は、垂涎《すいぜん》の的《まと》であった。無事に勤めあげれば、御目見得《おめみえ》以下の身分からはいあがることもでき、勘定方から遠国《おんごく》奉行、あるいはより将軍に近い御広敷、御小納戸《おこなんど》などに転じていくこともあった。

もちろんすべてがさらなる栄達《えいたつ》につながるわけではなかった。遠国奉行や郡代《ぐんだい》の任地のなかには、あつかいにくい地方もあり、赴任してすぐに失策をおかし、罪を得て小普請組《こぶしんぐみ》に落とされることもままあった。

「どうなっておるのでございましょう」

聡四郎は首をかしげた。

旗本御家人のすべてに任せるだけの役職が幕府にはなかった。当然役に就くには、引きと後ろ盾が必須であった。

聡四郎の引きと後ろ盾が新井白石であることは衆知の事実であった。だが、二人は増上寺墓地《ぞうじょうじ》を巡る一件で仲違《なかたが》いをし、いまや新井白石は聡四郎の引きでも後ろ盾でもなかった。

引きと後ろ盾、その両方をなくせば、役から追いだされるのが通常である。慣例と前例で動いている幕府で、常と違う状況は、不吉の前兆であることが多かった。

「みょうなことになっておらねばよろしいが」

練達の役人である太田彦左衛門が表情を曇らせた。

「互いに気をつけましょうぞ」

聡四郎は、己に言い聞かせるように告げた。

幕府役人の一日は夕七つ（午後四時ごろ）で終わる。忙しい勘定方で七つになるなり帰る者は皆無であったが、仕事のない聡四郎はいつも席を立つことにしていた。

「お先に」

誰にともなく挨拶をして、聡四郎は内座を後にした。

「どうでござろう。ひさしぶりに一献など」

ともに内座を出た太田彦左衛門を聡四郎は誘った。

「惹かれるお誘いでござるが、ちと調べてみたいことがございまするので、またの機会に」

御納戸口《おなんどぐち》御門から大手門へと進む聡四郎と別れて、太田彦左衛門はふたたび城中へと消えていった。

「まっすぐ帰る気にはなれぬ」

太田彦左衛門に振られた聡四郎は、江戸城大手門を出てまっすぐに海を目指した。

その様子を大手門脇の番所から徒目付《かちめつけ》永渕啓輔《ながぶちけいすけ》が見ていた。徒目付は、目付が旗本を監査するように、御家人の非違《ひい》を暴きたてるのが任と思われているが、それだけではなかった。江戸城諸門の警備の監督、隠密としての探索なども重要な職分であり、御家人のなかでもとくに武術にすぐれた者が選ばれた。

「供を帰したか」

迎えに来ていた大宮玄馬と聡四郎が大手門前広場で別れた。

「どこへ行く、勘定吟味役」

柳沢吉保の手の者として、聡四郎と敵対している永渕啓輔は、後をつけ始めた。

いつもの道とは違い、聡四郎は堀沿いを海へと進んだ。たくさんの廻船問屋が軒を並べる日本橋小網町《にほんばしこあみちょう》には、そこで働く人足たちのための煮売り屋がいくつもあった。

「じゃまをする」

そのうちの一軒に聡四郎は入った。

「みょうなところへ行ったな。酒が飲みたいならば相模《さがみ》屋へ行けば、それこそ下へも置かぬもてなしをしてくれるであろうに」

大戸をおろした廻船問屋の陰から永渕啓輔が見ていた。

「またぞろ儒者坊主から、なにか命じられたか」

儒者坊主とは新井白石の蔑称《べっしょう》である。

「ついてみるか」

永渕啓輔があたりを見回した。

「ちょうどよさそうだ。あいつらをけしかけてくれるか」

煮売り屋から少し離れたところでたむろしている男たちに、永渕啓輔は目をつけた。

その日暮らしの人足たちにとっての楽しみは、酒と女と博打《ばくち》である。一日の仕事を終えた安息の場に旗本とわかる身形の侍が割りこんだことで、客たちがしらけた。大きな声で話していた人足たちが黙った。

　逆さにした空き樽に腰をおろした聡四郎は注文を述べた。

「酒を一杯と、煮染《にし》めを頼む」

「へい」

　店の親爺は、愛想なく応えると、縁の欠けた茶碗に濁った酒をなみなみと注いで、聡四郎の目の前に置いた。

「…………」

　続いて出された煮染めを素手でつまんで、酒を含んだ聡四郎に、周囲の客たちの目が集まった。

「あいかわらずうまいな」

　真っ黒く煮染められたこんにゃくで、ほほをゆるめた聡四郎に、客たちがなごんだ。

「旦那、失礼ながら、店をまちがえたんじゃねえかと思いやしたぜ」

　隣にいた人足が声をかけてきた。

　真っ赤に潮焼けした二の腕は、聡四郎の臑《すね》より太く、声もしわがれている。

「場違いですまぬな。家を継ぐまでは、ここによく来ていたのだ。うまいし、なにより安いからな」

聡四郎は笑った。

「でやしょう。たしかにここらにある煮売り屋で、ここだけですぜ。飲めば酔える酒を出してくれるのは。あとは、全部酒の匂いのする水でさ」

人足が茶碗をあおった。

「もっともそのぶん、ちょいと高いのですがね。まあ、これぐらいしか楽しみがござんせんからねえ。女を抱いて喜ぶ歳でもなくなりやしたし」

豪放に人足が笑った。

「女か……」

聡四郎はまだ遊女しか抱いたことがなかった。

「まさか旦那の若さで女が要らないなんてことはござんせんでしょう。吉原《よしわら》にいい敵娼《あいかた》でもおられやしょうに」

「吉原」

徳川家康《とくがわいえやす》によって公認された唯一の遊廓と聡四郎にはつながりがあった。

「あっしなんぞ吉原の大門《おおもん》を潜るのが精一杯で、とても花魁《おいらん》を抱く金なんぞありやせんが、やはり吉原の女郎はそこらの女と違いやすかい」

人足が訊いた。

「女には変わりない」

吉原で客を取る遊女たちは、それぞれにやむをえない事情でその境遇に落ちている。なにもなければ、普通の娘として年頃になれば嫁に行くはずだった者ばかりであった。

聡四郎はそう応えるしかなかった。

「なるほど。着ている衣装と寝床が違うだけ。脱がしてしまえば一人の女か」

酒をあおりながら、人足が納得した。

意図とは別に取っていたが、聡四郎はそれ以上言うつもりはなかった。

「親爺、勘定だ」

酒を飲み干した人足が言った。

「いつもより早いな」

親爺が顔をしかめた。

「こう日当が下がっちまったらよ、酒を我慢するしかあるめえが。米を食わなきゃ力が出ねえ。荷物を運べなくなったら、おまんまの食いあげだ」

「しかたねえな。たしかに米が安くなったからと日当も下がっちゃなあ。みんな、いつもより飲み食いしやがらねえ」

人足の出した小銭を勘定しながら親爺がぼやいた。

「明日も天気がよくて仕事にありつけたら来るからよ。では、旦那、ごめんなさいよ」

聡四郎に頭をさげて人足が帰った。

「拙者も終わりにしよう。馳走《ちそう》であった」

金を払って聡四郎も店を出た。

夜船でもないかぎり、廻船問屋の店じまいは早い。まだ残照があるにもかかわ
らず、日本橋小網町は静かになっていた。

「風が強いぜ。こんな日は、おいらにつきがあるんだが」

船着き場でたむろしている無頼《ぶらい》三人のうちの一人が、海へ顔を向けた。

「場ならいつものところで立っているはずだぜ」

座りこんでいたもう一人の無頼が言った。

「先だつものがねえや」

無頼が悔しそうに歯がみした。

「侘《わび》よ、賭場《とば》に不義理の金があるそうじゃねえか。聞いたぜ、代貸しからじきじ

きに金を返すまで出入り禁止を言い渡されたってな」

最後の無頼が小さく笑った。

「ふん。たまたまついていなかっただけだ。それより、八《はち》の字。おめえこそ色に会いに行かなくていいのかよ」

佗が言い返した。

「毎日会いに行くのは真の間夫《まぶ》じゃねえ。たまに顔を出すから、女も喜んでもてなしてくれるんだ」

八がそっぽを向いた。

「どっちにしろ、ようは金がねえだけだろうが」

もう一人の無頼が笑った。

「政《まさ》、そういうおめえはどうなんでえ」

達観したような政に佗が嚙みついた。

「あるわけねえだろうが。それこそ、明日中に金を払わねえと長屋を放りだされることになりかねねえ。うちの大家は強欲だからな」

場末の裏長屋の家賃は十日ごとの支払いが多かった。

「どうする。明日荷降ろしをするか」

舟と店の蔵を往復する荷揚げ人足の仕事は、日払いが決まりである。一日働けば数百文になった。

「二百や三百じゃ、焼け石に水だな。もっと大きな……せめて小判は欲しい」

荷揚げ人足で小判を稼ごうと思えば、二十日は働かねばならなかった。

「お玉落ちで、懐は久しぶりに温かい。吉原で格子《こうし》女郎でも抱くか」

三人の前を永渕啓輔が独りごちながら過ぎた。

「おい、金が転がってやがるぜ」

「ああ」

「久しぶりの獲物だ。やるか」

聞いた三人が顔を見合わせた。

「角を曲がったぞ」

八が、永渕啓輔の動きを見ていた。

「ちょうどいい。あたりの店の大戸は閉まってる。人目もない。行くぜ」

懐の匕首《あいくち》を握って侘が走った。

角を曲がったとたん、永渕啓輔は左手の家の屋根へと跳びあがった。

「思ったとおりのことをしてくれる」

後を追ってきた無頼たちを眺めながら、永渕啓輔がほくそ笑んだ。

「いないぞ」

「足の速い野郎だぜ」

がっくりと無頼たちが肩を落とした。手に入る金をなくしたと三人が悔しがった。

「おい。あそこにも侍がいるぜ。いい身形をしてやがる。懐の金を別にしたところで、両刀と着物で十両はかたいぞ」

政が、前方を指さした。

「あいつでもいいな」

佗が二人に確認した。

「金になるなら、誰でもいいさ」

八が首肯した。

「みょうな輩がいるな」

煮売り屋を出た聡四郎は、殺気を放ちながら近づいてくる無頼に気づいた。

「将軍のお膝元で強盗のまねか」

今度は逃がさないようにと周囲に散った三人へ、聡四郎が問うた。

「強盗じゃござんせんよ。旦那。ちょいとお金をお借りしたいだけで」

政が手のひらを上に向けて見せた。

「いつ返すとか、利息はどうだとかは、言いっこなしで、貸してくださいやしなあ」

侘も手を出した。

「ついでに、刀と着物もお恵みいただきたいんでやすがね」

懐から匕首を抜いた八が続けた。

「拙者は御上の役人であるぞ。役人に刃物を向けるは、御上に逆らうも同じ。奉行所の追捕《ついぶ》を受けることになる」

「町方が怖くて博打ができるけえ。四の五の言わずに金を出せ」

気の短い侘が、匕首を抜きざまに突っこんできた。

法もなにもない一撃など、聡四郎にきくはずもなかった。すっと体を開いた聡四郎は、右足で侘の向こう臑を蹴った。

「ぎゃああ」

人体の急所を打たれて転んだ拍子に侘が、己の匕首で太股を傷つけた。

「やろう」

血を見た八がかっとなって匕首で斬りかかってくるのを、聡四郎は受け止めた。

「放しやがれ」

利き腕を摑まれた八がわめいた。

「わああ」

動きを止めた聡四郎目がけて、政が匕首を腰だめに駆けてきた。

聡四郎は膝を曲げて腰を落とし一歩前に踏みだした。

「痛《いて》ててててて」

肘を逆にきめられた八が、苦鳴《くめい》を漏らしながら振られた。

「危ねええ」

政が叫んだ。

聡四郎と八の位置が入れ替わっていた。

「わああ」

避けきれず、政の匕首が八の脇腹をかすった。

「す、すまねえ……ぐっ」

仲間に詫びた政が、聡四郎の拳を鳩尾に喰らって落ちた。

「ぎゃ……」

続いて八が首筋を打たれて気を失った。

「どうやら、ただのやくざ者だったようだな」

道に伸びている三人はそのままにして、周囲を窺った聡四郎が安堵《あんど》の息を漏らした。

「これを利用してみるか」

聡四郎はすでに大戸の落ちている店の潜りを叩いた。

「悪いが自身番《じしんばん》まで人を走らせてくれ。強盗を捕まえた。拙者は勘定吟味役水城聡四郎である」

「へい」

潜りから顔を出した手代が、転がっている政たちを見て、あわててうなずいた。

一部始終を見ていた永渕啓輔は、そっと屋根から離れた。

「なにかあったようだな。いままでなら遠慮なく腕の一本も斬り落としたうえで、その場に放置していたのが、わざわざ名のりをあげて届け出た」

夜の町を歩きながら永渕啓輔は思案にふけった。

「あいつらをけしかけただけのことはあったな。無頼による強盗は町奉行所の掛《かかり》だが……旗本を取り調べるのは目付の仕事。その下調べならば名目がたつ。

「一度、表の顔で水城と話をしてみるのもいい」

永渕啓輔の姿が、闇に溶けた。

第二章　潜む策謀

一

勘定吟味役という文官が無頼三人を手玉に取った話は、江戸城をあっという間に席巻《せっけん》した。

「ただのぼんくらではなかったわけだ」

「算盤はできずとも、包丁は使えたか」

内座でも聡四郎を目の隅においての密談が、あちこちでおこなわれていた。

「勘定方に来るより、火付盗賊改《ひつけとうぞくあらため》へでも行けばよかったものを」

なかには聞こえよがしに言う者もいた。

「目立つことをなされましたな」

苦笑している聡四郎のもとへ太田彦左衛門がやってきた。

「少しよろしいか」

聡四郎が太田彦左衛門を内座の外へと誘ったとき、足音も高く新井白石が入ってきた。

「水城はおるか」

仁王立ちのまま新井白石が大声を出した。

相変わらず、あたりに人がいないかのごとき傲慢《ごうまん》な態度であった。

「また来おったわ。無役の癖に大きな顔をしおって」

新井白石ほど勘定方で嫌われている者はいなかった。

「筑後守さま。ここは勘定方の詰所《つめしょ》でござる。密議にかかわる書付も多ければ、みだりな立ち入りはご遠慮願いたい」

いちおうの敬意は表しながらも、出ていけと勘定衆勝手方が新井白石に言った。

「はやくせんか、水城」

勝手方に目をやることさえせずに、新井白石が聡四郎をせかした。

「はあ」

上役でもない新井白石から居丈高《いたけだか》に命じられる筋合いはないのだが、聡四郎はいたたまれずに立ちあがった。

「わたくしもお供を」

太田彦左衛門も続いた。

二人が内座から出た直後、なかから不満が聞こえた。

「役にもたたぬ者を飼う余裕は、御上のどこにもござらぬというに」

「二人合わせて一千七百五十石。穀潰《ごくつぶ》しとはまさにこのことよな」

聡四郎と太田彦左衛門は顔を見合わせて嘆息した。

新井白石が聡四郎と太田彦左衛門を連れてきたのは、己の下部屋であった。六代将軍家宣から師と呼ばれた新井白石には、とくに老中と同じく一部屋が与えられていた。

八畳ほどの下部屋は、座るのにも不自由するほど書籍で埋まっていた。

「なにをしている」

座れとも勧めず、新井白石が聡四郎に詰問した。

「お膝元を騒がす賊を発見いたしましたので、捕まえただけでございまする」

聡四郎は事実だけを述べた。

「きさまの任はそれではあるまい。そのようなことは町奉行か火付盗賊改に任せるべきである。よけいなことをする暇など与えた覚えはない」

新井白石が聡四郎を叱った。

「勘定吟味役としての職務はおこなっておりまする」

遊んでいると言われては、聡四郎も黙っていられなかった。

勘定方で浮いている聡四郎ではあるが、太田彦左衛門は違った。三十年以上勘定衆として伺《うかが》い方《かた》や勝手方を歴任してきたのである。勘定方のことなら隅から隅まで見知っていた。さらに各役所役人とのつながりも多い。

聡四郎の下役となったとはいえ、太田彦左衛門を無視することは他の勘定衆もできなかった。少しややこしい書付とか、各所との交渉が要ることは太田彦左衛門のもとへ回ってくる。当然、太田彦左衛門は案件を処理したあと、決裁の印を上役である聡四郎に求める。こうして、間接ではあったが、聡四郎に仕事が回ってきていた。

「ばか、きさまは」

反論した聡四郎を新井白石が断じた。

「きさまのように算盤すら使えぬ者に、誰が勘定方のまねごとをさせるものか。水城、きさまの役目は幕政の穴を見つけて、それを儂に報せることぞ。そのために、すべての金の動きを見張ることのできる吟味役にそなたを推したのだ。はき違えるな」

「新井どの。わたくしは貴殿によって任じられたのではござらぬ。将軍家の意をもって勘定吟味役の座にあるのでござる」

聡四郎は気色ばんだ。

「ふん。勘定筋に生まれながら剣術しかできぬ半端者《はんぱもの》に誰が役目を与えてくれるか。きさまは儂の手で吟味役になった。つまり、きさまは役にあるかぎり、儂の命にしたがわねばならぬのだ」

新井白石が鼻先で聡四郎の言いぶんを笑った。

「水城さま」

後ろから太田彦左衛門が、袖を引いた。

「ときの無駄でございまする。さっさと話を終わらせていただけませぬか」

太田彦左衛門がささやいた。

「申しわけない」

小さな声で聡四郎が詫びた。

「態度は気に入らぬが、わかればいい」

聡四郎の謝罪を己へのものと勘違いした新井白石が尊大な口調で許した。

「で、御用は」

感情を抑えた声で聡四郎が訊いた。

「張《は》り紙値《がみね》のことくらいは知っておるな」

「承知しておりまする」

聡四郎が首肯した。

張り紙値とは、お玉落ちのときに出される旗本御家人の給与支払い相場のことである。江戸城中ノ口に張りだされたことからこの名前がついた。

知行《ちぎよう》取りでない幕臣への禄米支給はすべてが米ではなかった。これは幕府の収入すべてが米によるものではなく、運上金《うんじようきん》なども大きな割合をしめていたからである。

もちろん米にしても運上金にしても、年ごとに上下するものであるため、現金と禄米の比率はそのときによって変化した。

三分の一を現金で、三分の二を米で支払うことが多かったが、ときには現金が四分の一に減ることもあった。

その割合はさほど問題ではなかった。禄米を支給される旗本や御家人がもっとも気にしたのは、金米の歩合が記された続きに書かれる米の相場であった。

大坂でたつ米相場とは違って、張り紙値は幕府勘定奉行が決めたもので、百俵をいくらで換算するかとの通知であった。

百俵につき金何両と書かれた数字が、旗本御家人の収入を大きく左右した。これは相場とはかかわりないので、現物支給される米の販売値段には影響しないが、その場でもらえる金の高に響いた。

おおむね百俵で四十両内外であったが、まれに三十両近くまで下がることもあった。

「荻原近江守が、張り紙値を自ままにして、差額を私腹していたことは知っておるな」

「いえ」

聡四郎は首を振った。

荻原近江守が勘定奉行として君臨していたころ、聡四郎はまだ剣道場に通うしかない部屋住みの四男であった。

「ふむ。荻原近江守の悪行ぐらい、遡《さかのぼ》ってでも調べておかぬか」

不機嫌そうな顔をしながらも新井白石が教えた。

「張り紙値の金を大坂の米相場よりも下げたのだ。これがどういうことか、わかるな」

「実際の米の値段との間に差額が生じまする。まさか……」

さすがの聡四郎もそれに気づくくらいには成長していた。

「そうじゃ。それを己の懐に入れていた。太田と申したかの、幕府の年間に給する米の総量はどのくらいじゃ」

新井白石が太田彦左衛門に問うた。

「概算になりまするが、およそ七十万俵ほどに」

「うむ。その三分の一を金とすれば、ざっと二十三万俵が張り紙値で金に換わる。米相場より五両下げただけで、差額は一万両をこえる」

「一万両……」

聡四郎は驚愕した。まさに筆の先で生みだされた金である。勘定奉行荻原近江守の思惑一つで幕臣たちは、生活の金を減らされたのだ。

「これが荻原近江守の命取りとなったのだがな」

得意そうに新井白石が言った。

かなり悪辣《あくらつ》なことをしていた荻原近江守が、綱吉から家宣へと将軍が代わっても勘定奉行であり続けていられたのは、その卓越した能力からであった。

新井白石が何度荻原近江守の更迭《こうてつ》を申してでても、代わる人材がないと首を縦に振らなかった家宣さえかばいきれなくなったのは、あまりにひどい張り紙相場の操作であった。

旗本御家人の反発が家宣を動かした。

「もちろん今の勘定奉行はおかしなことをしておらぬ。と申すより、するだけの力もない」

「では、なにを」

聡四郎は新井白石の意図を汲《く》みかねた。

「今、荻原近江守のころとは逆のことが起こっておる。張り紙値よりもはるかに米の値段が安くなった。大坂で大量の米が売りに出されたことが原因である。なぜこの時期にそのようなことがなされたのか、探れ」

「すでに別の吟味役が、勘定奉行どのより委託を受けておりまするが」

「表で知れるようなことなど無用じゃ。裏を暴け」

「……承知」

聡四郎は気乗りしなかったが、受けた。己も原因を知りたくなった。

「では」

立ちあがろうとした聡四郎を新井白石が止めた。

「待て。まだ答えを聞いておらぬ。なぜ、あのように目立つまねをした」

新井白石は忘れていなかった。

聡四郎は、ちらと太田彦左衛門を見た。太田彦左衛門がゆっくりとうなずいた。

「わたくしが御役御免あるいは転任とならぬ理由を探るためでござる」

「……うぅぬ」

聞いた新井白石がうなった。

「まさにそのとおりであるな。儂の威光などとうぬぼれる気はない。あらためて見ればみょうである」

新井白石も納得した。

「誰かの、それも幕閣に近い者の手が動いているか」

「間部越前守さまではござらぬのか」

聡四郎は新井白石の盟友ともいうべき権力者の名前を出した。

「かもしれぬ。なにせ越前守は、家宣さまの死後を増上寺とはかっていた証拠《あかし》をそなたに握られておるからの」

新井白石も思案した。

「だが、違うような気がいたす。間部越前守にしてみれば、そなたは仇敵《きゅうてき》よりも憎いであろうからな。儂ならば御役御免にせず、佐渡《さど》奉行あるいは長崎奉行などに転じて、江戸から引き離すことを考える」

絵島のことがあるまでの間部越前守ならば、聡四郎をそれこそ勘定奉行に引きあげることもできた。

「たしかに引っかかる。よし、そなたの取った行動は容認してやろう。それについても調査し、かならず報告せい。よいか、まちがえても儂を蚊帳《かや》の外に置こうとするな。今度は許さぬ。無役になったとはいえ、そなたごときを罷免することは簡単なのだぞ」

最後に脅しをかけて、新井白石は聡四郎を解放した。

「少しよろしゅうございますか」

下部屋を出たところで太田彦左衛門が尋ねた。

「こちらからお願いしようと思っていたところでござる」

聡四郎は首肯した。

御納戸口御門を出て左に曲がれば、下部屋の外側にあたる。昼どきでもない今、下部屋で休息を取っている役人などいない。密談にはもってこいの場所であった。

「昨日はお誘いいいただいたのに、ご無礼いたしました」

「いや、なにもわからぬ憂さばらしにつきあわせようとしただけでござる。まさか、あのようなことになるとは思いませなんだ」

あわてて聡四郎が手を振った。太田彦左衛門もうなずいた。

「あのあと、城内におりまする知人にちと話を聞いて参ったのでございまするが……水城さまのご罷免について何度か奥右筆《おくゆうひつ》まで書付が回っていたとのことでございまする」

太田彦左衛門が話し始めた。

「奥右筆部屋まであがっていながら、進んでいない」

聡四郎は疑問を口にした。

奥右筆とは幕府における書付いっさいを作成保管するのが任の役人である。命じられたことを先例に照らし合わせて筆で書くだけであるが、言い換えれば、奥右筆が墨を入れないかぎり、どのような書付も老中や担当役に回らないのだ。身分としては勘定吟味役よりも低かったが、その権限は若年寄に匹敵すると言われていた。

「奥右筆の一人が教えてくれました。水城さまにかかわる書付はいつも組頭さまのもとで止まるのだそうで」

「ふうむ」

「失礼ながら、水城さまのご親戚筋にそれほどの力をお持ちの方はおられませぬ。また、奥右筆組頭を動かすほどの金をお遣いになる、いや、奥右筆部屋に付け届けをなさることにまで気が回られるとも思えませぬ」

「言われるとおりでござる」

身も蓋《ふた》もない太田彦左衛門の言葉に、聡四郎は苦笑いをした。

「考えられるのは相模屋伝兵衛《でんひようえ》どのでございまするが……」

幕府お出入り旗本格とはいえ、相模屋伝兵衛は商人である。幕府の要路へ金を撒いている。人足の発注を記した書付をあつかう奥右筆にも鼻薬は嗅がせてあるに違いなかった。

「相模屋どのならば、水城さまの御役御免を喜びこそすれ、妨害はいたしませぬ」

「どういうことだ」

聡四郎にはわからなかった。

「無役になられれば、役料は減っても、命の危険はなくなりましょう。一人娘の婿に危ないまねをさせておきたい親はおりませぬ」

言い聞かせるように太田彦左衛門が語った。

太田彦左衛門には娘が一人いた。その婿が荻原近江守と金座の不正に気づいたために殺され、夫の死後、娘も後を追うように亡くなっていた。

「なるほど」

ようやく聡四郎は納得した。

「今のところ、ここまでしかわかっておりませぬ」

報告は終わりだと太田彦左衛門が述べた。

「ご苦労さまでござった」

聡四郎はていねいに礼をした。

二

勘定方に慣れたとはいえ、聡四郎はまだまだ素人である。米の相場のこともまったくわからなかった。

役所の仕事で多忙な太田彦左衛門に教えを請うわけにもいかないので、聡四郎は相模屋伝兵衛に頼むことにした。

「今日は帰りに相模屋伝兵衛どののところへ寄らせていただく」

いつものように聡四郎の登城仕度を手伝っている紅《あかね》のうなじを見おろしながら告げた。

「じゃ、うちで夕食も食べていくでしょ。用意しておくから」

うれしそうに紅が言った。

「お発《た》ああああちいいいいい」

近所中に聞こえる声で、若党《わかとう》の佐之介《さのすけ》が聡四郎の出立を叫んだ。

「いってらっしゃいませ。お役目つつがなく」

妻のせりふを紅が口にした。

「うむ」

中間《ちゅうげん》、若党と供侍である大宮玄馬を引き連れて聡四郎は登城した。

朝のうち太田彦左衛門から回された書付に花押《かおう》を入れた聡四郎は、少し早めの中食を摂りに下部屋へと向かった。

役人の弁当は自前である。幕府からは白湯《さゆ》だけしか給されない。聡四郎は、備えつけられている茶碗に白湯を注いで、弁当を開けた。

「ほう、馳走だな」

元禄のころはやった贅沢なおかずは、新井白石の倹約令によって禁止されている。

聡四郎の弁当はいつも白米だけの握り飯が三つに香《こう》のものと決まっている。それが、今日は川魚の醤油煮も入っていた。

槍一筋馬一匹の家柄とはいえ、旗本の内証《ないしょう》は苦しい。物価があがっても先祖伝来の石高は増えないのだ。代々勘定衆を輩出し、祖父の代には勘定組頭まであがった水城家といえども、おかずに魚が出ることはそう何度もなかった。

好物が添えられているからといって、ゆっくり食事を楽しむことはできなかった。

「御免。勘定吟味役水城聡四郎どのはこちらでござろうか」

下部屋の外から声がかかった。

「在室しておる。どなたか」

食べかけていた握り飯を置いて聡四郎は誰何《すいか》した。

「徒目付永渕啓輔と申す。お役目にて御免こうむる」

襖が開けられた。

「初めてお目にかかる」

「そこでは話が漏れましょう。どうぞ、なかへ」

聡四郎は永渕啓輔を下部屋へ招き入れた。

勘定吟味役の下部屋に入れる者は、その役職者と雑用をこなす御殿坊主だけであった。他の者は老中といえども許可なく敷居をまたぐことは許されていなかった。

「ご無礼いたす」

永渕啓輔が受けた。

「御用のほどは、先夜のことでござるか」

徒目付の来訪を受ける理由はそれしかなかった。

「いかにも。御用繁多《はんた》なところ申しわけないが、少しお話を聞かせていただきたいと存ずる」

しっかりと永渕啓輔が聡四郎を見つめた。

身分からいけば、御目見得のできない徒目付と勘定吟味役には大きな開きがある。尊大な態度は取れないが、御用となれば話は違った。

「なんなりと」

聡四郎は弁当を永渕啓輔から見えない背後へと回した。

「では、まず。あの夜、貴殿は帰邸の道ではなく、日本橋小網町へと足を向けられた。それは、馴染みの店で飲食をするためであった。おまちがえないか」

永渕啓輔は聡四郎が町奉行所へ対して話した内容を把握していた。

「さようでござる」

「しつれいながら、貴殿が寄られたあの店は、勘定奉行次席五百五十石のお旗本が通われるにふさわしいとは思えませぬが」

他の意図があったのではないかと永渕啓輔が訊いた。

「いや、ご存じであろうが、拙者はもともと家督を継げる身分ではござらんでな。部屋住みで金のないころに世話になったのでござる」

聡四郎はそのくらいは調べているのだろうと返答した。

「なるほど。たしかに安い店でございましょうからな」

納得したように永渕啓輔がうなずいた。

「しかし、酒を飲みたいのでござれば、日本橋小網町まで行かれずとも、元大坂《もとおおさか》町《ちょう》でことはすみましょうが」

相模屋伝兵衛のことも知っていると永渕啓輔が述べた。

「貴殿はお独り身か。ならばいずれおわかりになりましょう。いかに妻となす女の実家とはいえ、気詰まりなことに変わりはござらぬ。一人気がねなく酒を飲みたいときもございましょうが」

同意を聡四郎が求めた。

「なるほど」

永渕啓輔は首を縦に振りながら、質問を続けた。

「店を後にされてからすぐに、無頼の者が金を出せと申して参ったのでございますな」

「いかにも。すぐと申しても、店から二丁（約二一八メートル）ほど離れてはおりました。待ち伏せしていたかのように、いきなり拙者を囲んで金と刀を置いてゆけと」

「先に刀を抜かれたか」

一部始終を見ておきながら、永渕啓輔は細かく問うてきた。

「いや、刀は抜いておりませぬ」

「町奉行所によりますれば、無頼のうち二人に刃物傷がござったとのこと。それも……」

「小刀を持って近づいてきたのを払ったおりに、あの者ども自ら傷つけたものでござる。あの者どもの刃物を確認していただければわかりましょう」

臆することなく聡四郎は答えた。

「そうでござったか。いや、お手数をおかけいたした。夜盗《やとう》のたぐいでござれば、ご成敗《せいばい》いただいても問題はございませぬが、よくぞ生きたままで捕まえてくださった。余罪を追及し、きびしく処断せねば、見せしめになりませぬゆえ」

「旗本として当然でござる」

話の終わりを聡四郎が告げた。

「お忙しいところ、かたじけない」

立ちあがった永渕啓輔が、思いだしたように言った。

「またなにかあれば、お話をうかがわせていただくやもしれませぬ。その節はよしなに」

永渕啓輔が去っていった。

「どこかで会ったような気がする。かなり遣うな」

ふたたび握り飯を口に運びながら、聡四郎は独りごちた。

侍には無礼討ちが許されている。だが、実際に庶民を斬ってお咎めなしになることはほとんどなかった。

白刃を抜くには、家を潰す覚悟が要った。

もっとも、聡四郎のように夜盗を退治した場合は、褒賞《ほうしょう》の対象となる。

「勘定吟味役、水城聡四郎か。なかなかではないか」

一件の顚末《てんまつ》が御用部屋にあがったとき、老中久世大和守《くぜやまとのかみ》が感嘆した。

「まさに旗本の鑑《かがみ》でござるな」

土屋相模守《つちやさがみのかみ》も同意した。

「水城聡四郎の家譜はあるか」

書付を持ってきた右筆に、久世大和守が訊いた。

「これに」

久世大和守が差しだされた書付に目を落とした。

「ご奉公の最初は神君の御世、関ケ原《せきがはら》の前。もとは甲州武田《たけだ》家の遺臣であったか。代々勘定方を務め、組頭まであがったこともある家柄か。ふむ」

書付を土屋相模守へ渡しながら、久世大和守が述べた。

「信賞必罰こそ政の基本とこころえまするが」

「そのとおりでござる」

土屋相模守がうなずいた。

「いかがでござろう。この者を勘定吟味役からどこぞの遠国奉行にでも転じさせてやっては」

思案に入った久世大和守へ土屋相模守が言った。

場所にもよるが、遠国奉行はおおむね千石をこえた旗本が任じられるものである。五位の諸大夫《しょだいぶ》にもなれ、役高も大きい。

「遠国奉行とは、ちとあげすぎな気もいたしまする」

聞いた久世大和守が首をかしげた。

「大和守どのよ。この水城は、あの新井白石どのが手の者でござる」

「なんと」

土屋相模守の話に、久世大和守が目を剝《む》いた。

「大和守どのは、新井白石どのとお親しいと聞くが……」

「家宣さまご存命のころのお話でござる」

苦い顔で久世大和守が答えた。

土屋相模守と新井白石は犬猿の仲であった。直接のかかわりはないが、かつて新井白石の父正済《まさなり》は、土屋相模守の一門、伊予守直樹《いよのかみなおき》に仕えていた。しかし、先代の遺臣であった正済と伊予守は反りが合わなかった。衝突をくりかえした正済は、ついに伊予守を見かぎり、土屋家を退身してしまった。

家臣から暇を取られるのは、主君としてなによりの恥である。諸侯の笑いものとなった伊予守は、やがて常軌を逸する振る舞いをするようになり、ついに久留《くる》里《り》藩二万石は、取り潰しの憂き目にあった。土屋相模守は、そのときの恨みをいまだに持っていた。

一方、久世大和守は家宣によって引きあげられただけに、新井白石とも親しく、屋敷に招いて講義を聞くほどの仲であった。しかし、零落《れいらく》してからも変わらず政に口出ししようとする新井白石に、久世大和守もうんざりしていた。

「手の者を奪えば、新井白石もおとなしくするしかございますまい」

「……ここ最近、役職に就く者どもから覇気《はき》が失われておりまする。ただ前例をこなすだけをご奉公と勘違いいたしておるようで。ここで思いきった抜擢《ばってき》をしてやれば、一同の励みになりましょう。どこがよろしいかな」

土屋相模守の提案には答えず、久世大和守が理由をこじつけた。

「長崎というわけには参りませぬな。長崎は余得の多いところ、就きたがっている者は順番待ちで列をなしておりますれば、いきなり割りこませるのは、ちと」

長崎奉行は一千石高であったが、役料四千二百俵、さらに役金三千両を給される重要な役であった。就任中は芙蓉《ふよう》の間詰となり、道中は十万石の大名としてあつかわれた。

「されば堺《さかい》奉行はいかがでござろうか」

土屋相模守が提案した。

堺奉行は千石高諸大夫《しょだいぶ》で、役料現米六百石が与えられた。堺港への船の出入り、荷物の監督、泉州《せんしゅう》の政務を担当した。

幕初は南蛮交易の湊として重要な堺であったが、鎖国後没落し、船の出入りも激減し、軒を並べた豪商たちも姿を消していた。

事実、元禄九年（一六九六）に堺奉行は廃止され、大坂町奉行の管轄地となったほどである。六年後の元禄十五年（一七〇二）に復活したが、重要ではないわばいてもいなくても困らない役職であった。

「それは名案でござる」

膝を叩いて久世大和守がうなずいた。

「今の堺奉行はどういたそうか」

「とりたてて功績もなく、失策もない。罷免するわけにはいきませぬし、かといって栄達させてやる理由もありませぬ。とりあえず江戸へ呼び戻し寄合に入れておいて、いずれふさわしい役が空いたときに推してやれば」

「それがよろしかろう」

久世大和守と土屋相模守が顔を見合わせて首肯した。

「奥右筆よ。水城聡四郎転任の手配をいたせ」

土屋相模守の命に、控えていた奥右筆は無言で頭をさげた。


右筆は二つに分かれていた。奥右筆と表右筆である。もとは一つであったものを、五代将軍綱吉が、奥右筆を新設し、二つにした。

表右筆は主に将軍家にかかわることを担い、奥右筆が幕政の書付を作成した。役人の任免も奥右筆の仕事であった。

「ご老中土屋相模守さまから、勘定吟味役水城聡四郎儀、堺奉行へ転じさせよとの命でございまする」

御用部屋から戻ってきた奥右筆が、補任《ぶにん》掛へと伝えた。

「水城、勘定吟味役の」

筆を止めて補任掛が聞き返した。

「さようでござる」

用はすんだと奥右筆が自席へと戻った。

「面倒なことを」

補任掛の奥右筆は、組頭のもとへと行った。

奥右筆は補任掛、隠居家督掛など七つからなり、それぞれに二人ずつ配されている。合わせて十四人の奥右筆を二人の組頭が監督していた。

「組頭さま……」

「聞こえておった」

組頭も苦い顔をした。

「御老中さまからのお話となれば、無視するわけにもいきませぬ」

補任掛が困惑した。

「遅滞《ちたい》させればいい。御用繁多なおりからじゃ。書付の作成に日数がかかることは衆知のこと。さらに、人事よりも早急に対応せねばならぬ事柄がいくつもある。なによりも、多忙を極めるご執政がいつまでも一人の旗本に気を置かれようことはない。明日には、そのようなことを命じられたことさえお忘れになっておられよう」

放置しておけと組頭が告げた。

「よろしいのでございまするか。土屋相模守さまと水城の間には因縁がございまするが」

幕政すべての書付をあつかうだけに、奥右筆は裏の事情も知っていた。

「御老中さまといえども、永遠ではない。いずれは御用部屋から去られるのだ。我ら奥右筆は、執政衆の代筆ではない。五代将軍綱吉さまがなぜ我らをあらたに設けられたのか、それを考えてみよ。四代家綱《いえつな》さまが幼いのをいいことに、執政たちが幕政を壟断《ろうだん》していた。それを憂《うれ》いた綱吉さまが、執政の言葉がすぐに実現せぬよう、我らを間にはさまれた」

「はあ」

補任掛があいまいな返答をした。

「奥右筆は、将軍家のご意思を形にするためにあるのだ。そこをまちがえるな。我らが仕えておるは、ただお一人。将軍のみぞ」

「わかりましてございまする」

ようやく補任掛が納得した。

「綱吉さま亡き後の家宣さまは、新井白石を重用なされ、我ら奥右筆を頼りにされなかった。それに比して綱吉さまより我らを譲られたあのお方さまは早くから我らに目をおかけくださっている。次の将軍家が水城を動かすなとの思し召しなのだ。どのようなことがあってもな」

強い意志をこめて組頭がつぶやいた。

三

暴落した米相場もしばらくすると落ち着き始めた。いかに紀伊国屋文左衛門が豪商であろうとも、国中から集められる米の値段をそう長く操作することはできなかった。

しかし、玉落ちにはしっかりと影響を残した。

「金が足りぬ」

各藩では勘定方が金策に奔走していた。

大名の収入は年貢がそのほとんどをしめる。最近、米の代わりに金を納めさせる藩も出てきたが、それほど浸透はしていない。

戦がなくなれば、人々の生活は派手になる。それにつれて物価はあがる。ものの値段が高くなり、職人の日当も増える。だが、武家の収入は変わらなかった。どこの藩でも新田の開発、諸事倹約、産業の振興と努力してはいたが、まだそれほどの効果をあげてはいなかった。

金はなくとも大名としての体面は維持しなければならなかった。また、諸色《しょしき》の高い江戸に屋敷を置かねばならず、幕府のお手伝い普請《ふしん》もある。収入は目減りしているのに、支出は増える一方と、どこの大名も台所は逼迫《ひっぱく》していた。

「どこからでもいい、借りて参れ」

家老たちもなすすべなく、毎度同じことを言うだけであった。

「貸してくれる者などおりませぬ」

間部家の勘定役が悲鳴をあげた。

「米の備蓄もすべて使いきりましたが……あと五千両どうしても足りませぬ」

泣きそうな顔の勘定役に、勘定奉行末木は腰をあげた。

「心当たりがある」

上屋敷を出て末木は、まっすぐ日本橋小網町を目指した。

「ここか」

江戸で老舗とされている廻船問屋の間に挟まれた小さな店へ末木が入った。

「おいでなさいませ」

すぐに番頭が出迎えた。

「主はおるか」

「はい。おそれいりますが、どちらさまで」

「間部家勘定奉行の末木である」

「ご無礼いたしました。すぐに主を」

番頭があわてて奥へと消えていった。

「これは末木さま。お声をかけてくだされば、参上いたしましたのに」

多助が腰をかがめた。

「急に思いたったのでな」

奥へ案内されながら、末木が言いわけした。

「本日の御用は」

前置きをすませて多助が問うた。

「ううむ……」

末木は言いよどんだ。先日も三千両工面させたばかりである。さらに追加というのは、まだ株仲間の依頼を成功させていない段階では口にしにくかった。

「金でございますか」

多助が顔をしかめた。

「無理を頼めぬか」

「すでに間部さまには、五千両ご融通申しあげておりますれば、ちと」

これ以上は難しいと多助が首を振った。

「そう言わずと」

末木が願った。

「と仰せられましても。まだ日が浅いとはいえ、株仲間のお話もなってはおりませぬ。いかに江戸で商いをすることが大きいとは申せ、あまり金を遣いすぎては元も子もございませぬ」

はっきりと多助が首を振った。

「わかっておる。だが、株仲間を増やすことは既存の廻船問屋どもの思惑もあり、今日明日にどうなるものでもないのだ。まちがいなく実現させてみせる。今少しときをくれぬか」

金を借りるまでは、武家も腰が低い。末木がすがった。

「では、いかがでございましょう。ご領内の米の廻船をわたくしどもにお任せいただけませぬか」

多助が条件を出した。

「それは無理じゃ。すでに我が藩の廻米《かいまい》は、城下の廻船問屋上州《じょうしゅう》屋に委託いたしておる。それをなにもなしで取りあげることはできぬ」

領地でとれた米は、己たちが消費するぶんを除いて、高値で売れる江戸へと運ぶ。その運搬は主に船を利用した。

「金を出さぬのでございましょう」

きっぱりと多助が言った。

「それはそうだが。すでに上州屋からは一万両借りておって……」

弱気な声で末木が述べた。

「ならば、二万両出しましょう」

「な、なんと申した」

聞いた末木が耳を疑った。

「一万両で上州屋さんからの借財を返していただきまする。その代わり、廻米はこの秋からわたくしどもにお任せ願いましょう。そうしてくだされば、さらにあと一万両お貸しいたしまする」

多助が説明した。

「ま、まことか」

末木が身をのりだした。

勘定方が要求したのは五千両である。それ以上の金を工面できれば、末木の株は家中で大いにあがる。行く末家老となることも夢ではなくなる。

「偽りを申しては、商売をやってはいけませぬ」

はっきりと多助が断言した。

「あと一つ。やっていただきたいことがございまする」

「なんだ」

末木が問うた。

「旗本一人の足を引っ張っていただきたいので。詳細はそのおりにお報せいたしまする。一万両はいわばその代金」

多助がささやいた。

「わ、わかった。藩邸へ戻って手配いたす」

あわてて末木が帰っていった。

「よろしいんでございますか、二万両も」

番頭が懸念を口にした。

「間部家にかんしては、旦那さまから好きにしていいと任されているからね。とにかく間部家を金で縛ってしまえと命じられている。それに藩の廻米を手にしておけば、二万両くらいなら数年で回収できるさ」

多助が笑った。


お玉落ちで入る金が少なくなったとはいえ、一度覚えた贅沢は止められない。旗本や御家人たちは、とりあえず金が入ったのだ。浮かれた気分で遊びに出る。

吉原は大量の客で沸いていた。

「紅葉《もみじ》を出せ」

「なにをいうか、紅葉は拙者の情婦《いろ》だ」

あちこちで女郎の奪いあいが起こっていた。

吉原は客と遊女の間をかりそめの夫婦とする。したがって同じときに二人の客を取る、世にいうまわしをしない。馴染みの客がかぶったとき、吉原では遊女の取りあいがまままあった。

「まあまあ。旦那、お鎮まりなんして」

忘八《ぼうはち》が割って入った。

「わたくしにお任せいただけやせんか」

「忘八風情がどうするというのだ」

「拙者が紅葉の馴染みであるのは、きさまもよく知っておろう」

旗本と御家人が忘八に迫った。

「まことに僭越《せんえつ》ながら……本日のところはこちらさまが先に紅葉さんをお呼びなされやんしたんで」

御家人が紅葉を買うと忘八が言った。

「なにを抜かすか。たかが御家人の分際で吉原の遊女を抱こうなど思いあがりもはなはだしい。やい、忘八。おのれもそうじゃ。どちらが紅葉にとって身になる客か、見抜くこともできぬのか」

旗本が怒りをあらわにした。

「旦那、大門を一歩潜れば、吉原は無縁の地。世間の身分は通用いたしやせん」

吉原の不文律を侵されるわけにはいかないと忘八が、旗本をたしなめた。

「なにっ」

「まあ、ちょいと落ち着かれて、最後まであっしの話を聞いておくんなさい」

いきりたつ旗本の袖を忘八が引っ張った。

忘八とは遊廓《ゆうかく》の雑用をおこなう男衆《おとこし》のことだが、その前身は浪人あるいは凶状持《きょうじょう》ちなどで、肚《はら》も腕もなかなかの者ばかりであった。

見世《みせ》に揚がったときに、両刀は預かっている。刀がなければ旗本御家人といえども忘八の敵ではなかった。

「むっ」

両腕を着物ごと押さえられて旗本が目を見張った。

「その代わりと申してはなんでございますが……」

忘八が旗本だけに聞こえるように声を潜めた。

「紅葉さんには、今日見世開けの妹女郎がござんして。いかがでやしょう、その遊女の初見世を祝ってやっちゃもらえませんか。紅葉さんにおとらぬいい女でござんすよ」

吉原で馴染み以外の女郎と遊ぶことはしきたりに反している。しかし、客の重なったときや、月のさわりなど特別な場合には妹分の女郎に代理をさせることは認められていた。

「……まことか」

旗本が力を抜いた。

「遊女は嘘をつきやすが、忘八は真しか口にしやせん」

しっかりと忘八が保証した。

「わかった。ならば、今夜は拙者が退いてつかわす。案内《あない》せい」

満足そうに旗本がうなずいた。

「ありがとうございやす」

忘八が旗本を二階へと連れてあがった。

「引けでござあい」

拍子木を鳴らして吉原会所の若い衆が仲之町《なかのちょう》通りを往復した。

吉原の喧噪《けんそう》は引けを報せるこの音で終わる。真夜中子《ね》の刻（午前零時ごろ）、吉原すべての見世が暖簾をおろし、提灯の火を落として眠りにつく。

見世が静かになってから忙しいのが、吉原の帳場であった。

よほどの上客をのぞいて、翌朝、現金で支払うのが決まりである。早立ちの客は、夜が明ける前に見世を出るのだ。夜の間に計算しておかなければ、客を待たせることになる。

「どうだい」

吉原惣名主《そうなぬし》西田《にしだ》屋甚右衛門《じんえもん》が、算盤を置いている番頭に問うた。

「まあまあの売り上げでございますが、忙しかったわりにはよろしくございませんな」

番頭が首を振った。

「いっときに客が重なると、ゆっくりしてもらえないからね。酒や料理がはけないね」

西田屋甚右衛門も嘆息した。

遊廓の主な収入が遊女の揚げ代であることは論を俟《ま》たないが、他にも酒や料理の売り上げも大きかった。

「妓《おんな》は疲れるし、儲けは薄い。お玉落ちは吉原の厄《やく》、とはよくぞいったものだ」

公認遊廓として幕府の保護を受けている吉原は、毎月千両という金を献上している。当然その費用は遊女の揚げ代に反映し、他の岡場所にくらべるとかなり高額になっていた。

「普段からお見えいただいているお客さまには、お玉落ちのあと四、五日はご遠慮願っているが、今年は少し短くてすみそうだね」

帳面を見た西田屋甚右衛門が言った。

「たしかに去年の秋にくらべれば、お侍さまの姿は少ないようで。米相場の暴落が原因でございましょうが……これが上客さまにも響くのではないかと」

番頭が危惧《きぐ》した。

創始のころ、吉原を支えたのは大名を筆頭とする武士であった。戦がなくなり、ありあまった精力を持てあました侍たちは命をかけて得た禄を惜しみなく妓につぎこんだ。

やがて経済の担い手が武士から商人へと移って、吉原の主役は町人に変わった。奈良屋茂左衛門《ならやもざえもん》、紀伊国屋文左衛門ら、それこそ一夜に百両を遣うような豪商が吉原を席巻した。

その奈良屋、紀伊国屋が姿を見せなくなった今、吉原の上客は札差《ふださし》たちであった。

札差は、お玉落ちのとき幕府から現物支給された米を、旗本御家人に代わって売るのが商売であり、当初は米一俵につき何分《ぶ》と決めた手数料を取るだけであった。やがて武家の経済が逼迫するにつれて、年貢米をかたに金貸しをおこなうようになり、今では本業を凌駕《りょうが》していた。

いわば札差とは旗本御家人専用の金貸しであった。

「米の値段が下がっても、手数料は変わらない。そのうえ、金が足りなくなった旗本御家人が借財をしてくれる。どうころんでも札差は儲かる仕組みになっているよ」

西田屋甚右衛門が、番頭の不安を一笑した。

「それにしても旦那さま、このたびの米相場の暴落はなんだったのでございましょう」

算盤を弾きながら、番頭が訊いた。

「おそらく、米の値段を下げることで大名や旗本方の懐を減らしたかったんだろうよ。でなければ、相場の上下で金を手にするにしては、あまりに芸がなさすぎだ。あんな一気に暴落させたんじゃ、相場が混乱するだけで、商いがまともにならたちはしないよ」

あっさりと西田屋甚右衛門が見抜いた。

「いったい誰がそのようなことを」

「そこまではわからないし、気にもしないがね。大門外のことは、対岸の火事でしかない」

西田屋甚右衛門は醒めた表情で述べた。

「もっとも水城さまは、それではすまないだろうけど」

好々爺《こうこうや》の顔に戻って、西田屋甚右衛門がつぶやいた。

聡四郎は、新井白石に命じられた米相場暴落の一件を調査するために江戸の町を歩いていた。

勘定吟味役は幕府の金にかかわるいっさいに監察の手を入れることができた。大奥にさえ立ち入ることが許され、毎日内座に詰める意味はなかった。調査の結果は、上司である勘定奉行をとおさず、直接老中に報告でき、勘定吟味役の許可がなければ、江戸城の金蔵は扉を開けることさえできないほどの権を持っていた。

「米の値段が下がったが、どうじゃ」

「けっこうなことで」

「米びつをひさしぶりに一杯にできやした」

江戸の市中で訊けば、武家以外の誰もが歓びを語った。

「困っているのは武家と百姓だけか」

米を売ることで金を手にする者にとって、相場の下落は死活にかかわるが、消費する者にはよろこばしいことであった。

「あきらかに武家を狙ったものだな」

帰邸した聡四郎のつぶやきに、着替えを手伝っていた紅が嚙みついた。

「一日江戸を回って、それだけしかわからなかったの。やっぱり、あんた馬鹿だわ」

人足を束ねることもあるだけに、紅はかなりお俠《きゃん》である。聡四郎相手でも遠慮がなかった。

「はあ。あんたは御当主になれる身分じゃなくて、小遣い銭にも困っていたっていうから、ちっとは世間を知っているかと思っていたけど」

紅があきれた目で聡四郎を見た。

「剣道場と屋敷を往復するしかなかったのだ。世間を見る余裕などなかった」

聡四郎は言いわけした。

「だから馬鹿だっていうのよ。いい、あんたの屋敷の門を出たら、入江道場の門じゃないでしょ。本郷御弓町《おゆみちょう》から下駒込《しもこまごめ》村までの道筋があったでしょう。人も歩いていたし、店も開いていた。それを見てなかった、そうでしょ」

「ううむ」

指摘されて聡四郎はうなるしかなかった。

「ちょっとは周りを気にしなさい。剣術だってそうでしょ。目の前の敵だけに集中していたら、後ろからやられちゃうじゃない」

「いや、剣の場合はちと違うのだが……」

言いかけて聡四郎は止めた。紅の表情がきつくなっている。ここで逆らえば、紅の機嫌は一気に悪くなる。

「なに。言いたいことがあるなら、言えば」

しっかりと紅は糾弾《きゅうだん》してきた。

「いや、剣の場合は己の周囲に気を張り巡らせるから、いきなり後ろから刺されるというのはまずないのだ。しかし、紅どのの意見はたしかだ。以後、気をつけよう」

紅が締めてくれた帯を左手で撫でて馴染ませて、聡四郎は座った。

「ふうん。ごまかされた気がするけど」

不満そうにしながらも、紅は手早く夕餉を調《ととの》えた。

紅との婚姻が決まって以来、女中の喜久《きく》は聡四郎の世話をいっさいしなくなった。早くに母を亡くした聡四郎にとって、育ててくれた喜久が離れたのは、寂しいことでありながら、少しだけ誇らしくもあった。

「今日は、そこの川で獲れたって鯉を袖吉《そできち》が持ってきたので、煮付けようかと思ったのだけどね。少し井戸で泳がさないと泥臭いでしょう。代わりに大きな蛤《はまぐり》を買ってきたから、それで我慢して」

膳の上で蛤の吸物が湯気をあげていた。

「いや、ご馳走だ」

聡四郎はていねいに一礼して箸を取った。

本郷御弓町は魚市場のある日本橋から少し離れていた。魚屋が来ないわけではないが、日本橋付近から回るだけに、本郷へ来るのは昼過ぎとなる。初鰹《はつがつお》の声を聞く初夏ともなると、朝網であがった魚はすでに傷《いた》み始めていることが多かった。その点、貝はあがってから半日は保《も》つ。

聡四郎の家では魚よりも貝がよく出た。

「米が安くなるとね、庶民は喜ぶけど、いいことばかりじゃないの」

食べている聡四郎に、給仕しながら紅が語った。

「最初はいい。毎日食べるお米が安くなるんだから。でもね、お米の値段が下がると、それにかかわるすべてのものに影響が出る。まず米の売り買いでの儲けが薄くなるでしょ。そうなれば米屋はかかるお金を少しでも減らそうとする」

「うむ」

白米を噛みながら、聡四郎はうなずいた。

「最初に米を運ぶ人足の日当が下げられる。米廻送人足の日当は、他の職人に影響するの。職人も日当が安くなれば、ものを買わなくなる。ものが売れなければ商いはなりたたない」

子供に教えるように紅が言った。

「なるほど。金が回らなくなるのか」

ようやく聡四郎は理解した。

「ええ。ただ、これは急に表れるものではないの。表に出てくるのは何ヵ月か先」

「紅どのよ」

聡四郎は箸を置いた。

「米の値段を下げて得をするのは誰だと思われる」

「金貸しね」

あっさりと紅が答えた。

「お金が足らなくなるんだもの、借りるしかないでしょう。だから、金貸しがはやるわけ。お侍は札差、庶民は烏金《からすがね》」

「烏金とはなんだ」

聞きなれない言葉に聡四郎が問うた。

「はあ。それも知らないで、よく勘定吟味役なんてお金にかかわるお役目が務まるわね」

あきれたと紅が嘆息した。

「烏金っていうのはね、高利貸しの代表。朝借りて翌朝には利子をつけて返す。夜明け烏がかあと鳴いたらさらに一日分の利子がつく。そこから烏金って呼ばれるようになったの」

「ちょっと待ってくれ」

「なに」

「するとなにか、朝借りた金を翌朝までに返せなければ二日分の利子がつくということか」

紅の説明を受けた聡四郎が確認した。

「よくわかったじゃない。だから高利」

「ううむ」

聡四郎はうなった。

「米の値動きはそれだけ庶民の生活に響くの」

空になった聡四郎の茶碗を奪うようにして、紅がおかわりをよそった。

「金貸しが儲かるか。尋ねてみるか、紀伊国屋に」

あらたに盛られた白米に聡四郎は箸を伸ばした。

四

翌日、聡四郎は大宮玄馬を供に八丁堀の紀伊国屋を訪ねた。ここに居ないことは承知のうえである。

「紀伊国屋文左衛門どのにお伝え願いたい。水城聡四郎がお目にかかりたいと申していたと」

それだけ言うと、返答も待たず、聡四郎はきびすを返した。

「あやつめ、まだ紀伊国屋にまとわりつく気か。甘すぎるな、旦那さまは。今まで立ちふさがる者はすべて粉砕してきたというに」

ちょうど来ていた多助が、頬をゆがめた。

「皆、旦那さまには内緒だよ。ちと考えがある。じゃま者は除けるが紀伊国屋の方針だからね」

その場にいた奉公人に多助が口止めした。

多助は八丁堀を出て、日本橋小網町の店へと戻った。

「お帰りなさいやし」

留守を預かっている番頭が顔を出した。

「二百両出してくれ」

多助が命じた。

「なんに遣うので」

舟屋番頭とはいいながら、紀伊国屋の本店に戻れば、多助と同じ奉公人である。ねめつけるような目で問うた。

「水城を襲わせる」

多助は答えた。

「旦那さまのお許しは」

「得ていない。だが、いい加減うっとうしい。なにより今度のことの壁になりかねないからね。それに舟屋の金は、わたしが好きにしていいと言われている」

「そうだがね。あんまり勝手をすると叱られるよ」

忠告しながら番頭は金を出した。

「わかってるよ」

懐に金を入れて、多助が出ていった。

多助が向かったのは、深川《ふかがわ》の荒れ寺であった。

「和尚いるかい」

崩れかけた本堂のなかへ多助が声をかけた。

「どなたかの。おう、多助どのか」

仏像さえない本堂の奥から、返答があった。

「入られよ。御仏のおわすお堂は、万人に開かれておる」

「障子が破れて閉めようがないだけだろうに」

苦笑しながら多助は薄暗い本堂へと足を踏み入れた。

「どうなされた。葬式でもござるかの。枕経《まくらぎよう》なら二百文、葬儀の導師ならば三百文でお引き受けするぞ」

本堂の奥にいたのは、身の丈六尺（約一八二センチ）をこす大男であった。

「海焚坊《かいふんぼう》、頼みごとだ」

多助は懐から金を出した。

ちらと目をやって海焚坊が口を開いた。

「手強《てごわ》いようでござるな」

「ああ。旗本一人に引導《いんどう》を渡してもらいたい」

金包みを一つ多助が裂いた。黄金色の光が本堂に舞った。

「おお、極楽浄土の輝きよ。ありがたや、ありがたや」

海焚坊が合掌した。

「頼めるか」

「前金かの、それとも全額かの」

まだ金には手を出さずに海焚坊が訊いた。

「前金だ。成功すれば、あと金百両出す」

「合わせて三百でござるか。善きかな、善きかな。ならば三人で参りましょう。主導師に脇導師二人。それだけおれば、お相手の成仏《じょうぶつ》はまちがいなしでござる。南無《なむ》、南無」

海焚坊がふたたび合掌した。

「相手は旗本五百五十石、本郷御弓町に屋敷のある勘定吟味役水城聡四郎。流派までは知らないが、かなり剣を遣う」

「承知いたしましたぞ」

ようやく海焚坊が金を摑んだ。


数日屋敷で待ったが、紀伊国屋文左衛門の来訪はなかった。いかに勘定吟味役が勝手勤務といえども、あまり顔を出さないのは問題となりかねない。

聡四郎は五日ぶりに登城した。

「おはようございまする」

すぐに太田彦左衛門がやってきた。

「いかがでございました」

まず最初に太田彦左衛門は聡四郎に成果を問うた。

「このような……」

聡四郎は紅から教えられたことを話した。

「さすがは相模屋伝兵衛どののがお娘御。よく見られておられますな」

太田彦左衛門が褒めた。

「わたくしのほうも、ご報告が」

あたりを気にして太田彦左衛門が小声になった。

「奥右筆部屋から漏れてきた話でございまするが……」

一拍の間をおいて太田彦左衛門が告げた。

「先夜の夜盗退治を功として、水城さまを堺奉行にとのお話が御用部屋から出たとのことでございまする」

「堺奉行」

思わず聡四郎が声をあげた。堺奉行は遠国奉行の一つである。勘定奉行、町奉行にはおよばないが、水城の家ではいまだその任に就いた者がいないほどの高官であった。

「水城さま」

太田彦左衛門が咎めた。

「すみませぬ」

あわてて聡四郎は周囲に目をやった。何人もの勘定衆が聡四郎と太田彦左衛門を見ていた。

「出ましょうか」

人気のないところに行かないかと太田彦左衛門が誘った。

「いや、もう大丈夫でござる」

このまま出ていっては、より興味を引くことになると聡四郎は首を振った。

「では、続きを」

いっそう太田彦左衛門が声を潜めた。

「ですが、やはり奥右筆部屋にて止まったとのこと」

「御用部屋の意見を奥右筆がじゃましたので」

聡四郎は驚いた。

「否定したわけではございませぬので。ただ、他の用を優先いたしておるだけという形を取っているのでございまする。いわば、後回し」

太田彦左衛門が説明した。

「そのようなことが」

「はい。それがどういうことかおわかりでございますか。奥右筆といえども役人でございますれば権には弱い。なれど御用部屋に逆らってまで水城さまの転任を止める」

「御用部屋以上のところから、命を受けていると」

「そう考えるべきでございましょう」

聡四郎の言葉に太田彦左衛門が首肯した。

「どなたでござろう」

「今の御老中方をおさえることのできるのは、まず将軍家。続いて先の御台所天英院さま、前の大老柳沢美濃守《みののかみ》さま、そして御三家の方々」

「……つっ」

覚えのある名前ばかりであった。

「身分からいけばこのくらいでございましょう。他に……」

「他に」

太田彦左衛門の言い方に聡四郎は怪訝《けげん》な顔をした。

「将軍家菩提寺《ぼだいじ》の増上寺と寛永寺《かんえいじ》」

「増上寺……ううむ」

かつて敵対したことがあり、聡四郎は増上寺の命運を握っていた。

「そして金の力。紀伊国屋文左衛門」

「紀伊国屋文左衛門」

聡四郎はふたたび声を出してしまった。敵対していたが、紀伊国屋文左衛門は、みょうに聡四郎に絡んでいた。ときには味方以上の手を差しのべてくることもあった。

「お静かに願えぬか」

同役の勘定吟味役が苦情を述べた。

「ご無礼つかまつった」

急いで謝った聡四郎に太田彦左衛門が告げた。

「この誰であっても不思議ではなく、そして一介の勘定吟味役がかかわっていい相手ではございませぬな」

「…………」

聡四郎はなにも言えなかった。

本郷御弓町は、加賀《かが》百万石前田《まえだ》家の上屋敷に近く、旗本屋敷が多く建ち並ぶ武家町であった。商家もなく、人通りも少ない。物売りたちも朝のうちに蜆《しじみ》や菜を担いだ行商が来るていどで、昼を過ぎれば森のように静かになった。

「なんまんだぶ、なんまんだぶ」

経のようなものを唱えつつ、海焚坊が本郷御弓町を歩いていた。破れ笠《やがさ》に色あせた墨衣《すみごろも》、首から腰まで垂れた長い数珠と、願人《がんにん》坊主そのままの姿であった。

「このへんのはずじゃがの」

海焚坊が足を止めて周囲を見回した。

大名も旗本も表札を出してはいない。用のある者はあらかじめ切り絵図で確認していくか、付近の人に訊くのだ。

「まあ、手当たりしだいにご喜捨《きしゃ》を願おうか」

目についた屋敷の前に立って、海焚坊が念仏を唱えた。

「通った、通った」

潜りから顔を出した中間が、犬のように海焚坊を追い払った。

「やれやれ。お情けのない。そのようなことでは、三途《さんず》の川《かわ》を渡れませぬぞ」

ぼやきながら、海焚坊は隣へと移った。

むなしく数軒を追われた海焚坊は、職人が一人、屋敷の潜りを叩いているのを見た。

「ごめんを。相模屋の袖吉でござんす」

「ああ。袖吉さんか」

すぐになかから潜りが開いた。

「相模屋と申したの。たしか、御仏となる水城聡四郎どのの奥方は、人入れ相模屋伝兵衛の娘御。善きかな、善きかな。ここでござるか」

満足そうに海焚坊が首肯《しゅこう》した。

「なんまんだぶ、なんまんだぶ」

潜りの前で念仏を口にしながら、海焚坊はしっかり地形を確認していた。

「あの角からこの門前までが、六道《ろくどう》の辻《つじ》にふさわしかろう。人というのは、己の家が見えると気を緩《ゆる》めるでな。あの隣家の門に拙僧、左右の辻に一人ずつ潜ませればよいかの。なんまんだぶ、なんまんだぶ」

破れた笠の隙間から間合いをはかっている海焚坊の目の前で、水城家の潜りが開いて紅が顔を出した。

「はい、お布施《ふせ》」

幾ばくかの銭を紅が喜捨した。

「これはこれは。この家のご妻女どのでござるか。ありがたい、ありがたい。おう、まるで菩薩《ぼさつ》のようにお美しいお方じゃ」

銭を受け取りながら、海焚坊が世辞《せじ》を口にした。

「願人さん。褒めたところで、それ以上は出ないよ」

　紅が頬を染めた。

「いやいや。坊主は真実《まこと》しか申しませぬでな。これほどの美人を奥方になさるとは、御夫君さまは果報者じゃ」

「まだ旦那さまじゃないのさ」

　うれしそうに紅が応えた。妻となった女は髪を丸髷《まるまげ》にし、鉄漿《かね》で歯を染めるのが常であるが、武家では子供をなすまで娘体を続けることもままあった。

「ご無礼いたしたの。いや拙僧、人相見にはちと自信がござってな。まちがいなく、この家の奥方さまと思うたが、まだでござったか。いや、恥ずかしい」

　笑いながら、海坊が紅の顔を見つめた。

「お詫び代わりに拝見しようか。ほう。なかなか、けっこうな顔相をなさっておられる。長寿、子宝は保証いたしましょう」

「子宝だなんて、恥ずかしいじゃないか」

　聞いた紅がまたも頬を染めた。

「いやいや。地を打つ槌《つち》がはずれても、拙僧の見は確実でござる。いや、めでたい、めでたい」

海焚坊が手をあわせた。

「では、かたじけのうございましたな」

軽く一礼して海焚坊が水城家の門前を離れた。

「子宝に恵まれるのは、まちがいございませぬぞ。ただし、父親がこの家の主どのとはかぎりませんがな」

首からかけたずだ袋に銭を落としながら、海焚坊がつぶやいた。

七つ（午後四時ごろ）に内座を出た聡四郎は、下駒込村まで足を延ばし、入江無手斎の修行につきあった。夕餉に遅れるとの伝言を持たせて、大宮玄馬は先に帰した。

「ほうやあ」

入江無手斎の片手撃ちが聡四郎の首筋を襲った。

「くっ」

あわてて聡四郎はのけぞった。

片手撃ちは間合いが読みにくい。両腕で支えているときと違い、肩の入れようによって、三寸（約九センチ）から、場合によっては五寸（約一五センチ）伸びてくる。

入江無手斎の袋竹刀はそれ以上であった。

予想より伸びた一刀に、聡四郎の体勢が崩れた。

「未熟」

叱咤《しった》を気合い代わりに入江無手斎の袋竹刀が跳ねて、聡四郎の脳天に落ちた。

「ま、参った」

思わず聡四郎は片膝を突いた。かつての雷閃ほどの威力はないが、まちがいなく頭骨を砕く必殺の一撃であった。

地を刺すような残心《ざんしん》を解いて、入江無手斎が袋竹刀をおろした。

「ふうむ。この形がよさそうだの」

満足そうに入江無手斎が言った。

「師、今のは」

聡四郎は入江無手斎の技を問うた。

「鬼伝斎の技に加えてみた。一放流の一撃必殺からは離れるが、一の太刀で敵の体勢を崩し、二の太刀で撃つ刃筋を整えなおす手間が要るぶん、実戦ではつらいかもしれぬが」

「間合いがまったく摑めませなんだ」

膝をそろえて座りながら、聡四郎は告げた。

「幻惑でしかないがな。一流の相手には二度は遣えぬ。読まれれば、動きが派手なだけに、隙をつかれやすい」

入江無手斎も聡四郎の前に腰をおろした。

「初めに左肩を少し後ろへ退いておられましたか」

聡四郎が問うた。

「うむ。さすがにわかったか。そうじゃ。あまり大きいとばれるでな。一寸ほどだがな。あと、こころもち腰もひねっておる」

入江無手斎は、最初袋竹刀の切っ先をわざと遠くに見せていた。そこから一気に撃ちだしながら肩を前に入れこむのだ。受ける側から見れば袋竹刀が三寸は伸びたように見える。

「おそれいりましてございまする」

聡四郎は感心した。

剣士として致命傷ともいえる右腕の力を失いながら、自暴自棄になることなく、さらなる技を編みだす師入江無手斎の気力に頭がさがった。

「聡四郎に感心されてもしかたないがの。ただ、刃筋が傾くだけに兜は割れぬ」

まんざらでもない顔で言った入江無手斎が、表情を引き締めた。

「それにしても聡四郎、体勢を崩すとはなにごとぞ。一放流は重さの剣。深く腰を据えて、山のごとく落ち着いていなければならぬのだ。それをおまえは……」

「申しわけございませぬ」

あわてて聡四郎は謝った。

「ふむ。まあ、儂の修行につきあわせておるのだ。このたびは許してやる。ただし、次は許さぬ。油断するな」

「はっ」

入江無手斎の激励に、聡四郎は礼をした。

「わかったなら、さっさと帰れ。あまり遅くなると、儂がおまえの嫁から叱られるわ」

笑いながら、入江無手斎が言った。片手の不自由な入江無手斎を気遣って、紅はたびたび食事の用意や洗濯などをしに道場を訪れていた。

「……では、これにて」

なにか言えば、さらにからかわれることは目に見えている。聡四郎はさっさと入江無手斎の前から辞去した。

すでに日は落ちていた。

下駒込村から本郷御弓町まで、聡四郎の足ならば小半刻《こはんとき》（約三十分）ほどである。走るまではいかないが、聡四郎は早足で屋敷を目指した。

仲間二人を連れて待ち伏せしていた海焚坊は、なかなか戻ってこない聡四郎に気をもんでいた。

「遅いな」

すでに仲間二人は、辻角の闇に潜ませてある。みごとに気配を消してはいたが、あまり長く待機させていると、若いだけにどうしてもはやって無理が出る。

「どこかへ寄ったか」

隣家の門脇に隠れた海焚坊が、首を伸ばして聡四郎の影を探した。

「今宵は流すかの」

海焚坊があきらめかけたとき、逆方向から聡四郎が現れた。江戸城からの帰途を待ち伏せしていた海焚坊たちとは、屋敷をはさんで反対になる。

「いかぬな」

利がないと判断した海焚坊が、撤収の合図を出そうとした。潜んでいる仲間に早く報せようとした海棼坊の動きが闇を揺らした。

「誰だ」

入江無手斎との稽古で勘がとぎすまされていた聡四郎は、見逃さなかった。

「御仏の加護は薄かりし」

海棼坊は、嘆息した。

「なにもの」

雲をつく大男に聡四郎は、身構えた。

「坊主でござる」

海棼坊が、首からかけている大きな数珠をたぐって見せた。

「僧侶がなにようか」

油断なく聡四郎は腰を落とした。

「勘定吟味役水城聡四郎どのでござるかの」

「いかにも」

問われて聡四郎は応えた。

「引導を渡しに参った」

海棼坊が、数珠を振った。

空気を裂く音がして、数珠が伸びた。

「くっ」

首を振って聡四郎は避けた。

「鉄の数珠か」

引き戻された数珠の玉が、甲高い音を立ててふれあった。

一寸ほどの玉が数十連なっている数珠は、伸ばせば三尺（約九一センチ）をこえる。振り回されることで勢いのついた鉄の玉は、当たれば刀を折り、骨を砕く。海焚坊の攻撃をかわすのが精一杯で、聡四郎は太刀を抜く間もなかった。

「後ろに回りなさい」

数珠をなぎ払いながら、海焚坊が命じた。

闇から二人の若い僧侶が出てきた。

一人が海焚坊の言葉を無視して、懐から取りだした独鈷杵《とっこしょ》を投げた。

まっすぐ飛んできた独鈷杵を聡四郎は、やすやすとかわした。

「おろかな。目に映るものへは、いかようにでも対処できる。相手は千手《せんじゅ》観音ではない。背後からの攻撃こそ有効」

海焚坊がたしなめた。

「………」

叱咤《しった》された若い僧侶が聡四郎の背後へと向かった。

最初から海焚坊の言うことを聞いていたもう一人の僧侶が、背後から殴りかかってきた。風を巻くような勢いで拳が、聡四郎の顔を襲った。

「拳法か」

首を振って、かろうじて聡四郎がこれを避けた。

「りゃあ」

「なむ」

すさまじい疾さで迫る拳と数珠に聡四郎は柄に手をかけることさえできなかった。かわせただけでも奇跡と思えるほどであった。

やっと聡四郎の背後に回った若い僧侶が、ふたたび独鈷杵を投げた。

三方向からになった攻撃を聡四郎は避けながら、隙を狙った。

次々とくりだされる拳、うなりをあげて頭を襲う鉄の数珠、背後から飛来する独鈷杵の組み合わせは、聡四郎の息をあげた。

頭を傾けて拳を避けたとき、数珠が聡四郎の小鬢《こびん》をかすった。

「つっ」

血が聡四郎の頰へと垂れた。

何度か危機に陥りながらも、聡四郎はあきらめず隙を探っていた。よく見ると独鈷杵の攻撃がずれていた。海梵坊ともう一人の仲間の動きを考慮に入れず、とにかく聡四郎目がけて来ていた。

拳法を遣う僧侶が足払いをかけてきた。跳んで避けようにも、上には数珠がいる。聡四郎は思いきって身体を右へ投げだした。

「ぐっ」

左には鞘があり、転ぶことで太刀を曲げてしまっては打つ手がなくなる。聡四郎は利き腕を痛めることを覚悟のうえで転んだ。

「やめよ。立つところを狙うのじゃ」

地に伏した者に止《とど》めをさすのは難しい。低すぎて太刀も拳も届かないのだ。海梵坊は、聡四郎が起きようとする姿勢の崩れを待てと命じた。

「独鈷杵ならば、届く」

若い僧侶が制止を聞かず、手持ちの独鈷杵を投げた。

聡四郎は少しだけ転がってこれを避けた。

独鈷杵は、仏具の一つである。もとはインドの武器からかたどったもので、手のひらほどの握りの両端が鋭くとがっている。かなり持ち重りがし、そう大量に持ち歩くことはできなかった。

「ちっ」

手持ちの独鈷杵を使い果たした若い僧侶が舌打ちをした。

「なくとも……」

悔しげに顔をゆがめて、若い僧侶が聡四郎に肉薄した。

「たわけ」

海焚坊が叫んだときには遅かった。

倒れている聡四郎を蹴ろうと近づいた若い僧侶は、まっすぐ飛んできた独鈷杵を胸に喰らった。

聡四郎が落ちている独鈷杵を拾って投げたのだった。

「…………」

末期《まつご》の悲鳴もなく、若い僧侶は死んだ。

「おのれ」

残った拳法を遣う僧侶が、怒りをあらわにした。

「抑えよ、山壊坊《さんかいぼう》」

きびしい声で海焚坊が制止したが、仲間を倒されて頭に血がのぼった僧侶には届かなかった。二人の連係が崩れた。

「りゃあ」

鋭い気合いで宙へ跳んだ若い僧侶が、聡四郎めがけて落ちてきた。

三方の一角が崩れたうえに、同士討ちを怖れた数珠の攻撃が止まっている。仰向けの状況で、太刀を抜けない聡四郎は脇差に手をかけた。

「死ねええ」

かかとをまっすぐ聡四郎の喉へと向けた若い僧侶の身体がぶれた。

「えっ」

聡四郎の一尺（約三〇センチ）ほど横へ落ちた僧侶が目を剝いた。

急いで立とうとするが、大きく体勢を崩す。

「なんで」

足下を見た僧侶が、顔色を失った。

くるぶしから下がなくなっていた。聡四郎が抜く手も見せずに斬り払ったのだ。

「若さゆえのあせりとは、なんとも。御仏のもとで修行してくるがいい」

呆然と動きを止めた山壊坊に、海焚坊の数珠がうなった。

桶の水を地にぶちまけたような音がして、山壊坊の頭がはぜた。

「ちと拙僧に御仏が試練をお与えになったようじゃ。水城どの、命冥加《みようが》でござったな。次こそ、冥土《めいど》へ送ってしんぜるぞ」

後ろ向きに海焚坊が、闇へと消えた。

「……助かったか」

聡四郎に追いかけるだけの余力はなかった。

「どこの手の者なのだ」

墨衣に身を包んだ奇妙な敵に、聡四郎は背筋に寒いものを感じていた。

第三章　渦と清流

一

旗本の家士は大名の家臣と同じである。仕事のほとんどは主の供であるが、それ以外にも他家への使い、領地の監督と雑用は多かった。

この日、大宮玄馬は水城家の領地として新たに加増された五十石の領地上野《こうずけ》国那波《なわ》郡へと向かっていた。

知行所持ちと禄米取りの二種に分けられる旗本のなかで、水城家は格上とされる知行所を与えられていた。

水城家の禄五百五十石のうち、加増された五十石は上野国に、多くは相模《さがみ》国と甲斐《かい》国の境に近い農村にあった。

水城家も他の旗本同様、領地のことは秋の収穫の前に一度見回るだけで、あとはいっさいを名主へ任せてあった。しかし、米の暴落を受けて不安になった聡四郎の父、功之進《こうのしん》がどうしても見てこいと、聡四郎に強く命じ、代わって大宮玄馬が派遣されたのだった。

「ようこそのお見えで」

名主差兵衛《さひょうえ》が大宮玄馬を村はずれまで出迎えていた。

小作人を何人も抱える差兵衛は、わずか三十石の大宮玄馬よりはるかに裕福であった。身分としても知行所における水城家の代官役を務め、名字帯刀を許されていた。それでも辞を低くして村はずれまで足を運んだのは、少しでも有利な報告をあげてもらうためであった。

「わざわざのお出迎え、恐縮でござる」

足を止めてていねいに大宮玄馬は礼を述べた。

もとは御家人の三男だった大宮玄馬にとって、知行所への使いは初めてのことであった。

「そなたの見たことそのままを語ってくれればいい」

聡四郎は大宮玄馬にそう命じただけだったが、前当主であった功之進は違った。

「百姓は少しでも米を隠そうとする。言われたとおりに認めるなど愚の骨頂。百姓が申す穫れ高の二割増しが真実。決してだまされるでないぞ」

きびしい声で功之進は大宮玄馬を送りだした。

「さっそくでござるが、案内をお願いいたす」

聡四郎と功之進の言葉を思いだしながら、大宮玄馬は差兵衛に頼んだ。

「一度、我が屋敷でおくつろぎになっては。湯茶の用意もできておりますれば」

「いや、そうもしておられぬのでござる。少しでも早く江戸へ戻らねばならぬゆえ、日のあるうちにできるだけ見ておきたい」

差兵衛の勧めを大宮玄馬は断った。まさに四面楚歌《しめんそか》の聡四郎の警固へ一日でも早く大宮玄馬は戻りたかった。

「今宵はお泊まりいただけるのでございましょうな」

うかがうように差兵衛が訊いた。

「お世話になりまする」

大宮玄馬は剣士であった。疲れた身体で不慮の事故が起こりやすい夜旅をかけるほどおろかではなかった。

「なれば、接待は夕餉のおりにでも」

あきらめた差兵衛が、大宮玄馬の先にたった。

「去年の冬がきびしく、雪が長く消えませんでしたので、田に十分な肥料を与えることができず、今年は例年より作が悪くなるのではないかと……」

田を見せながら、差兵衛がしきりと大宮玄馬に不作を吹きこんだ。

「また、種籾《たねもみ》を保存しておりました蔵が、水漏れいたしておりました。これも雪のせいでございましょうが、おかげでかなりの種籾が水に浸かり、使いものにならなくなってしまいました。あらたに種籾を買わねばなりませぬが、その余裕もなく、今年の米を担保に金を借りることになりそうで……」

訊いてもいないことを差兵衛はえんえんと話した。

「たしかに拝見つかまつった」

日が落ちて名主の屋敷に案内された大宮玄馬は、差兵衛に査察の終了を告げた。

「なにとぞ御当主さまへよしなにお願い申しあげまする。おい。酒と料理をな」

もう一度頭をさげて差兵衛が、手を叩いた。

「山深い田舎のことで、なにもございませんが、どうぞ」

用意されたのは、大宮玄馬にとっては生まれて初めての三の膳つきであった。

輝くような白米に、鯉の味噌煮、菜の煮物、きのこの菜種油あげ、山菜の白和えと普段とても口にすることのできないものばかりである。

さらに酒が片口《かたくち》に満たされて添えられてあった。

「このような馳走は困る」

「すでに作ってしまいましたので。お召しあがりいただけぬとなると、料理も無駄になりまするし、用意いたした者も落胆いたしまする」

あわてて大宮玄馬が断ったが、差兵衛は強引に勧めた。

「……かたじけなくちょうだいしよう。ただ、酒は遠慮いたす」

押しきられた大宮玄馬は膳に向かった。地の利を得ていないところで酒をたしなめるほど大宮玄馬は剛胆《ごうたん》でも、野放図《のほうず》でもなかった。

剣士というのは、すさまじいほど飯を喰う。

大宮玄馬は五杯の飯で膳の上をきれいに片づけた。

「馳走であった」

箸を置いて大宮玄馬は礼を述べた。

「では、お疲れでございましょう。すでに夜具の用意は調っておりますれば、どうぞ湯などお召しに」

　ふたたび差兵衛が手を叩いた。板戸が開けられて妙齢の女が顔を出した。

「大宮さまをお風呂へご案内しておくれ」

「はい」

　女が首肯した。

「湯はありがたい」

　長旅でほこりまみれになった大宮玄馬は喜んで女のあとにしたがった。

「どうぞ、こちらでお召しものを」

　板の間で女が告げた。

「うむ」

　大宮玄馬が脱いだ着物を女が受け取っては乱れ箱へと納めていく。下帯一つになった大宮玄馬は、手にしていた太刀から小柄《こづか》をはずした。飾りなどない一枚鉄を削りだして作った小柄は、身に寸鉄も帯びていないときの用心である。

　なかの蒸気が逃げないようにと上半分を覆っている出入り口、石榴《ざくろ》口を潜って大宮玄馬は浴室に入った。

　水が貴重な農村では入浴などできない。冬でも川か井戸水で身体を拭うだけで、名主の家でも蒸し風呂が精一杯であった。

浴室の片隅に設けられた小さな湯舟の熱湯から出される蒸気が、霧のようになかを充《み》たしていた。さらに、浴室の灯りは小さな油行灯《あぶらあんどん》一つしかなく、かろうじて己の身体が見えるていどでしかなかった。

大宮玄馬は板敷きの床にあぐらをかいた。このまましばらく汗が噴きでてくるのを待つのである。そのあと、用意されていた竹べらで浮きあがった垢をこそげ落とし、ぬか袋で洗って、最後に湯を浴びるのだ。

かすかな湯気の揺れを感じて、瞑目《めいもく》していた大宮玄馬が振り向いた。

「誰か」

殺気はなかったが、大宮玄馬は小柄を握りしめた。

「先ほどの者でございまする」

答えたのは女の声であった。

「お背中をお流しいたしまする」

入ってきたのは、大宮玄馬を浴室へ案内した若い女であった。

「名主さまから、一夜お世話をするようにと申しつかりましてございまする」

大宮玄馬の目に真っ白な裸身が映った。

小さな灯りでもはっきりと胸の膨らみと股間のかげりが見えた。

「なにを……」

あわてて大宮玄馬は下を向いた。

「お背中を」

若い女が大宮玄馬の背後に回った。

「やめよ」

大宮玄馬とてまったくの世間知らずではなかった。主の聡四郎よりははるかに世知《せち》にたけている。この女がなにをするために来たかすぐに気づいた。

「お気に召しませぬか、わたくしでは」

竹べらを背中に当てていた女の手が止まった。

「そうではない。そうではないが、こういうことはせずともよい」

沈んだ女の声に、あわてて大宮玄馬が首を振った。

「では、よろしいではございませぬか。旅の宿の女は一夜の妻と申しまする」

古来、旅人のもてなしに一夜の伽《とぎ》はおこなわれていると女が言った。

「でも、これだけはならぬのだ」

大宮玄馬は強く断った。

すでに二十歳をこえた大宮玄馬である。当然遊廓へ通ったこともあり、女体を知っている。

「禁欲なぞ、なんの修行のためになるか。かえって身体によくないわ」

なにせ、こう言い放つ師を持つのだ。

「なぜでございましょうか。わけもわからずに断られましたで下がりましては、わたくしが名主さまから叱られまする」

若い女が泣きそうになった。

村における名主の権は強い。ましてや小作人ともなると生死を握られているといってもまちがいではなかった。女が名主の機嫌を損ねることを怖がったのも当然であった。

「……願《がん》をたてておるのだ」

少しして大宮玄馬は口を開いた。

「願でございますか。まさか、女人断ち」

訊いた女が驚いた。

神に願いをかけたとき、かなうまでの間なにかを断つことはよくあった。茶断ち、酒断ちなどである。大宮玄馬は女を断っていた。

「またみょうな」

女が板の間に腰をおろした。ゆっくり話を聞く気になったのだ。

「我が主が奥方さまをお娶《めと》りになるまで、拙者は女を抱かぬと誓ったのだ」

ここまで来てはしかたないと大宮玄馬は話を続けた。

「勘定吟味役は、金の闇に斬りこむのが任。人にとって金の裏を探られることほど嫌なこともない。当然、主の身に何度も危難がおよんでいる。これまではなんとか切りぬけてこられたが、今後どうなるかは神でなければわからぬ。そして主には相愛のお方がおられるのだ。そのお方も主を支えてくれる一人」

「お二人が無事夫婦《めおと》になられるまで……」

「そうじゃ。拙者が身代わりになれることなら喜んで盾になる。だが、始終主の側にいることはかなわぬ。まして、拙者ごとき浅才では勝てぬ敵も多い。となれば神頼みしかないではないか」

大宮玄馬とて剣士である。彼我《ひが》の力の差を埋めることがどれだけ難しいかよくわかっている。また、神が気まぐれであることも身に染みて知っている。いや、神頼みがどれほど希薄な望みであるかもわかっていた。

無駄と知りつつ、大宮玄馬はおこなっていた。それだけ、聡四郎と紅に幸せになってほしいのだ。

「承知いたしました。断ちものを邪魔した者には天罰が下ると申しまする。決して今宵、お側に参ることはいたしませぬゆえ、お背中だけ流させてくださいませ」

女は、ゆっくりと大宮玄馬に竹べらを当てた。

翌朝、朝食を終えた大宮玄馬は、不機嫌そうな差兵衛に別れを告げて屋敷を出た。昨夜の女が村はずれで待っていた。

「これを」

女が小さな竹皮包みを手渡した。

「白米じゃなくて、申しわけないですが」

うつむきながら女が言った。中身を見ずとも、大宮玄馬はわかっていた。米より雑穀の割合が多い握り飯であった。

「三十石の貧乏家士よ。白米より麦飯が口にあう。遠慮なくもらっていくぞ」

大宮玄馬は懐に弁当をしまった。

「ではな」

「道中、お気をつけて。秋にお見えのときは、是非一夜を」

別れぎわに女がささやいた。

「……名はなんと申す」

「あん」

大宮玄馬の問いに女が告げた。

「また会えるとよいな。あん」

名を呼んだ大宮玄馬が、背を向けた。


上野から江戸までは二十里（約八〇キロメートル）以上ある。村を早立ちしても江戸まで二日かかった。

鴻巣《こうのす》で宿をと考えた大宮玄馬は、中山道《なかせんどう》を江戸へと急いだ。雪も消え暖かくなった街道筋は行きかう旅人でにぎわうが、それも七つ（午後四時ごろ）過ぎまでであった。

冬ごもりから目覚めた熊や狼が出てくるのだ。他にも足場が見えにくいこともあって、よほどの急ぎか人目を忍ぶ旅でもないかぎり、暗くなる前に宿に入るのが常識であった。

少しでも早く江戸に戻りたかった大宮玄馬はほんの少しだけ無理をした。日が落ちてから半刻《はんとき》（約一時間）ほど街道を進んだのだ。

最後の立て場箕田《みだ》村を過ぎたあたりで、人の姿はまったくなくなった。

月明かりを頼りに街道を歩いていた大宮玄馬の足が止まった。

「出てこい」

街道沿いにある小さな社《やしろ》から、人の気配が漏れていた。

「さすがは剣術の遣い手」

「いや、おみごと、おみごと」

嘲《あざけ》るような口調で社から二人の浪人者が現れた。

「なにやつ。拙者を幕府お勘定吟味役水城聡四郎が家臣と知ってのうえか」

問いながら、大宮玄馬は左手を太刀に添えた。

旅のさなか、雨や露が浸入することを嫌って被せる柄袋は、とっさの対応に遅れをもたらす。後の手入れがたいへんとなるのを覚悟のうえで、大宮玄馬は柄袋をしていなかった。

「世俗の肩書きなんぞ、命のやりとりには無意味でござるぞ」

前に立った背の高い浪人者が笑った。

「そうそう。起きて半畳寝て一畳、三食喰えて女が抱ければ、この世は極楽。肩肘張った武家の暮らしはばかげておると思われぬか」

後ろから太った浪人者が続けた。

「誰に頼まれた」

夜盗、辻斬りのたぐいではないと大宮玄馬は見抜いた。

「誰に……しいて言えば金でござるかの」

「さようさよう。黄金の輝きだけは真実」

ふざけたことをしゃべりながらも浪人者たちが、立ち位置を変えていることに大宮玄馬は気づいていた。

五街道の一つではあるが、中山道は東海道ほど整備されてはいなかった。街道幅も東海道が三間（約五・五メートル）に整えられているのに対し、ところによって狭くなっていた。

箕田の立て場を過ぎたここもそうであった。道幅は二間（約三・六メートル）ほどしかなく、左右に取られるとどちらの太刀の間合いにも入ってしまう。前にかわすことができなくなり、逃げ場は後ろだけになった。

「……………」

あからさまな動きに大宮玄馬は、背後に伏勢《ふせぜい》があると見抜いた。

「人が来ては面倒だ。東氏《あずまうじ》、始めるぞ」

「おうよ、田中氏《たなか》」

背の高い浪人の言葉に太った浪人が首肯した。

二人の浪人が太刀を鞘走《さやばし》らせた。

月明かりを集めて白刃が光った。大宮玄馬も躊躇《ちゅうちょ》なく脇差を抜いた。

「ほう。小太刀か」

田中が目を細めた。

戦国が終わって百年以上経ち、剣術は武家の表芸ではなくなっている。まともに剣術を学ぶ者が少なくなるなかで、さらに小太刀を選ぶ者は滅多にいなかった。

「太刀を相手にあえて短い得物《えもの》を遣う。不利とわかっているのにだ。ちと拙者には解《げ》せぬわ」

東が太刀を青眼に構えた。

「よいではないか。楽に勝てるほどありがたい。さっさとすませて宿へ戻ろうぞ」

「飯盛《めしも》り女は呼ばぬぞ。残金をもらえば、川越《かわごえ》でまともな遊女を抱ける。一夜ぐらい辛抱《しんぼう》せい」

急《せ》く東を田中がたしなめた。

「まあ、拙者にまかせておけ」

東が上段に振りかぶった。

「参る」

盛大な殺気を浴びせながら、東が迫った。

「まったく、東の女好きにも困るの」

田中も続いた。

大宮玄馬は五間（約九メートル）の間合いが三間になるまで動かなかった。

「竦《すく》んだか」

大声をあげながら東が太刀を落とした。

三間の間合いは太刀を振るうには遠かった。大宮玄馬は東の一撃が見せ太刀であると読んで下がることなく見切った。

大宮玄馬の五寸（約一五センチ）手前を太刀が過ぎた。

「なにっ」

最初から当てるつもりのない太刀である。東は軽々と止めて見せたが、まったく微動だにしない大宮玄馬にとまどった。

白刃には死に繋《つな》がる独特の雰囲気があった。よほど肝の据わった者でないかぎり、白刃を向けられて動揺しない者はなく、ましてや斬りつけられて平然としていられる者はまずいなかった。真剣の迫力に思わず下がるところへ、つけこむつもりだった東のあてがはずれた。

「……甘い」

何度となく死線をくぐり抜けたことで、大宮玄馬は二寸（約六センチ）の見切りを身につけていた。

大宮玄馬は小さく息を吐いて、前へ出た。

刃渡りの短い脇差で太刀に挑むには思いきった踏みこみが必須であった。怖れもなく跳びこんだ大宮玄馬に東があわてて太刀を青眼に戻そうとした。

「ぬん」

小太刀の妙は神速にあった。間合いに入って膝を深く曲げた大宮玄馬が、低くなった姿勢から伸びあがった。

「えっ」

東が唖然《あぜん》とした。青眼に戻ったはずの太刀がなかった。

重い音が足下でした。

「刀……腕……わあ」

両腕がなくなったことを理解した東がわめいた。

「疾《はや》い」

後ろに控えていた田中があわてて刀を構えなおした。

「血が、血が……」

出血の勢いが弱くなるに連れて、東の声も小さくなっていった。

「血止めしてやれば助かるぞ」

残心の形で大宮玄馬が言った。

「両腕を失ってどうやって生きていくというのだ。我らには支えてくれる家族などないのだ。明日の飯を己で調達できぬ者は死ぬしかない」

田中が真剣な表情で返した。

「そうか。自業自得《じごうじとく》というやつだな」

地に転がっている東を大宮玄馬が意識からはずした。

「ああ。因果応報《いんがおうほう》だ。何人もの人を斬ってきたのだからな。だが、まだ殺されてやる気にはならぬ。明日を生きる意味さえ持たぬが、死にたくはない。生きていればうまいものも喰える、酒に酔うことも、女を抱くこともできるのだ」

言いながら田中が足下を固めた。

「来るがいい」

腰を落とした田中の構えは、あきらかな守りであった。

しっかりと両足を大地に食いこませ、高々と太刀をあげた形は、その刃の範囲に入った者へ容赦ない一撃を浴びせる。

「ほう」

大宮玄馬は目を細めた。無頼に身を崩している田中にかなりの修行が見えた。

「剣の道を捨てたか」

つま先で地をすりながら、大宮玄馬は間合いをはかった。

小太刀の間合いは一間半（約二・七メートル）を必至としている。太刀が二間（約三・六メートル）であることを思えば、半間（約九一センチ）狭い。一閃を届かせるためには、一歩さらに進まなければならなかった。

太刀より軽い脇差で細かく撃をくりだし、相手の急所を狙うのが小太刀の常道である。ようは、大宮玄馬のくりだす攻撃に応じてくれねば、隙を見いだすことが難しかった。

それを知って田中は、あえて一刀にかけたのだ。なにも考えず、ただ必死の一撃を出すと田中は宣したのであった。

「…………」

田中の意図を知って、大宮玄馬は足の進みを止めた。

大宮玄馬は、田中の太刀があと一歩足りないところに身を置いた。もちろん大宮玄馬の脇差は届かない。

「どうした、来ぬのか」

臆したかと田中が誘った。

まったく動じることなく、大宮玄馬はじっと田中の胸を見た。

人は息をしなければ生きていけない。字のとおり呼吸とは息を吐き吸うことである。人が生まれて最初に泣くのは、息を吐いているのだ。吐かねば吸えぬのが道理であり、いかな剣術の名人上手といえども呼吸をなくすことはできなかった。

胸の筋が固まっていては肺がふくらまない。息を吸うとき、人の身体の筋はゆるまねばならなかった。

大宮玄馬は田中の呼吸をはかっていた。

己の呼吸を鎮め、相手にあわせていく。大宮玄馬は田中の呼吸を写していた。

十分に田中の拍子を読んだ大宮玄馬は、ゆっくりと構えを変えていった。

「陰坂《かげさか》」

脇差を下段に変えた大宮玄馬を見て、田中が叫んだ。

「おう」

背後からもう一人の浪人者が現れた。

「しゃあ」

己の相手で精一杯で、大宮玄馬には後ろの敵に対する余裕などないと考えた田中だったが、あっさりと撃ち破られた。

しゃべったことで漏れた息を田中が吸い戻す瞬間、大宮玄馬が奔《はし》った。

「えっ」

地を這《は》うような大宮玄馬に、あわてて田中が太刀を落とした。真っ向からおろす一刀の先にあるのは己の足である。自傷することを嫌って剣士は切っ先がへそを過ぎたあたりで太刀を止める修練を積む。くりかえしおこなった修行が、無意識のうちに反応した。

田中の切っ先は大宮玄馬の背中を撃ったが、勢いに欠けていて、背負っている荷物の紐を断つにとどまった。

背中の衝撃をものともせず、大宮玄馬は脇差を二度振った。

「うぎゃあ」

左右の向こう臑を斬られた田中が絶叫した。

「田中」

駆けてきた陰坂が、たたらを踏んだ。

「来るか」

体勢を立てなおした大宮玄馬が振り返った。

「いや、いや」

あまりに鮮やかな動きに勝てぬと悟った陰坂が首を振り、すでに抜いていた太刀をあわてて鞘に戻した。

「仲間であろう、面倒を見てやれ」

懐から出した鹿革で血糊《ちのり》のついた脇差を拭いながら、大宮玄馬は後ろ向きに東へと足を進めた。

「ああ」

あっさりと仲間二人を倒した大宮玄馬にのまれたように、陰坂が首肯した。

「拙者まで狙うとは。殿はご無事であろうか」

大宮玄馬は、不安を胸に江戸へと急いだ。

二

「参りましたぞ」

鴻巣の宿場口で街道を見張っていた中年の侍が、大宮玄馬の姿を見つけた。

「怪我を負っているようすもないの」

店じまいした茶屋の陰に隠れていた若い侍が問うた。

「はい。いや、背負いの荷物を手にしておりまするが、身体に異常は見受けられませぬ」

中年の侍が首を振った。

「金で雇えるていどの浪人では、太刀打ちできなかったか」

若い侍が嘆息した。

「いかがなされまするか。呼び止めて取り調べをおこないまするか」

「いや。街道筋で騒ぎを起こすのは上策とは言えぬ」

腰を浮かせた中年の侍を若い侍が抑えた。

「では、このまま見過ごすと」

「あの家士の腕がわかっただけでもよしとするしかあるまい。藤田《ふじた》、国許より腕のたつ者をできるだけ呼んでおけ」

「上屋敷にでございますか」

「いや、目立たぬよう深川の抱え屋敷へ詰めさせよ」

藤田の問いに中崎《なかざき》が答えた。

抱え屋敷とは幕府から与えられた上屋敷や下屋敷と違い、大名が私費で購入あるいは、賃借しているものである。幕府役人の目もきびしくなく、多少のことがあっても藩の名前が出ることはまずなかった。

「念のために言うが、藩士を使うな。次男三男のなかから選べ。ことをなしたあかつきには一家をなさせてやると申せば、いくらでも人は集まろう」

中崎が念を押した。

「よろしいので」

懸念を藤田が口にした。

「旗本を襲うなど論外の話だが、末木どのの言葉とあらばしかたあるまい。二万両のためならば、商人の望みもかなえねばならぬ。金がなくば藩がたちゆかぬのだ。お家のためじゃ」

誰もが逆らえない一言で、中崎が話を打ちきった。

鴻巣から江戸までの途中、周辺にある城下町でもっとも大きなものは川越である。かの知恵伊豆《いず》こと松平《まつだいら》伊豆守信綱《のぶつな》を藩祖にいただく、名門譜代名誉の地は繁華な宿場町でもあった。鴻巣を早立ちした大宮玄馬は中山道からそれて、昼前に川越を通過した。

「やはり無理でございましたな」

旅籠《はたご》の二階から街道を見おろしていた紀伊国屋文左衛門がつぶやいた。

「まあ、ご当主が武にまったくご興味がないお方では、ご家中に遣い手がおられるわけもない。ましてや命をかける肚のない浪人では勝てませぬわな。多助がこそこそしているのがちょいと気になったので来てみましたが、まるきりの無駄足でございましたな」

ゆっくりと紀伊国屋文左衛門が腰をあげた。

「勘定をしておくれ。あと次の立て場まで駕籠を頼みますよ。ちょいと急ぎだから四枚肩《しまいがた》でね」

紀伊国屋文左衛門は、早駕籠にのって大宮玄馬の後を追った。

早駕籠は前後に二人ずつの駕籠かきがつく。立て場から立て場まで休むことなく駆け続けるだけに乗り手にも技を求めた。

心棒《しんぼう》から垂れている紐を両手に巻きつけ、腰を軽く浮かせた状態で、駕籠の動きにあわせて身体をゆらすのだ。こうしないと重心がぶれ、駕籠かきたちの負担が大きくなってしまう。

「酒手《さかて》ははずむよ。急いでおくれ」

舌を噛まないように注意しながら、紀伊国屋文左衛門が求めた。

「どいたどいたあ」

先棒が、大声を出した。街道を行きかう旅人があわてて道を譲った。

紀伊国屋文左衛門は、立て場ごとに駕籠かきを替え、大宮玄馬より早く江戸に入った。

「多助、いるかい」

店に入った紀伊国屋文左衛門は、腹心の配下を探した。

「多助は、日本橋へ出向いておりますが」

出迎えた大番頭がいないと答えた。

「人をやって呼んで参りましょう」

「いや。隠居のわたしが行くよ。多助は主だからねえ」

大番頭の気遣いを紀伊国屋文左衛門は断った。

「では、駕籠を」

「勘弁しておくれ。ずっと揺られてきたんだ。今でも地面がのたくってるようなのに、これ以上駕籠にのったんじゃ、まっすぐ歩くこともできなくなる」

苦笑して紀伊国屋文左衛門は、店を出た。

八丁堀から日本橋までは、すぐである。

小半刻ほどで紀伊国屋文左衛門は、日本橋小網町一丁目の舟屋へ着いた。

舟屋の奉公人はすべて紀伊国屋から出してある。店番をしていた手代がすぐに紀伊国屋文左衛門に気づいた。

「これは旦那さま」

「多助は奥かい」

「いえ。先ほど間部さまの上屋敷へ出かけましてございまする」

手代が答えた。

「そうかい。なかなか素早いじゃないか。あらかじめ多助に話を聞かせておきたかったが、まあ、いいか。わかったよ。ちょっと奥で休ませてもらうから」

「すぐに用意を」

あわてる手代の後に続いて、紀伊国屋文左衛門は奥へと隠れた。

一刻半（約三時間）ほど眠って目覚めた紀伊国屋文左衛門は、部屋の隅で控えている多助に問うた。

「今、何刻《なんどき》だい」

「もう暮六つ（午後六時ごろ）を過ぎやした」

「よく寝たよ」

紀伊国屋文左衛門が起きあがった。

「で、なんだって」

一言も咎めることなく、紀伊国屋文左衛門が訊いた。

「あらたに三千両用立ててほしいとのことでございました」

多助が話した。

「三千両かい。なにに遣う気かねえ」

「新田開発だそうで」

「ふん」

聞いた紀伊国屋文左衛門が鼻で笑った。

「場合によっては国替えになるというに、新田開発もないだろうに。新田開発と言えば金を出すと思っているねえ、大名は。その裏を見抜けないような商人なんかいやしない」

「へい」

多助もうなずいた。

「で、どう返事してきたんだい」

「木更津の店から運びますので、三日ご猶予《ゆうよ》をと申して参りました」

「けっこうだよ。三日あれば、裏を探るに十分だからね」

満足そうに紀伊国屋文左衛門が、首肯した。

「ところで、旦那さまは……」

多助が紀伊国屋文左衛門来訪の意図を問うた。

「ちょっと旅をしてきてね。川越までだけどね」

紀伊国屋文左衛門の言葉に多助の顔色が変わった。

「ああ、心配しないでいい。間部のことは、おまえに一任したんだから、わたしが口出しすることはないよ」

「……へい」

おだやかな紀伊国屋文左衛門相手に、多助が汗を掻いていた。

「しかし、だめだねえ、武家は。表沙汰になるのをこわがって、無頼の浪人を金で雇ったようだが、傷一つ負わせていない。死に金だったねえ」

紀伊国屋文左衛門が嘆息した。

「その話はいっさいございませんでした」

間部家では、襲撃失敗の顚末《てんまつ》を多助に報せなかった。

「お金を遣った結果は、己の目で確認しないといけないよ。これが商売人相手ならいいんだよ。みょうなことをしたら、丸裸にしてやればいいからね。でもお武家さんはね、剣と権を持っている。最後は知らん顔するし、平気で嘘をついてくれる。それに対してこっちはなにもできやしない。下手すれば貸した金の取りはぐれになりかねないんだ。目を離しちゃいけないよ」

「…………」

「間部家が隠したのはあたりまえだ。人というのは成功した話は大きく広く即座に伝えたがるけれど、失敗は隠そうとするからね。とくに金を借りる相手には、できるだけ悪いところは見せたくないものだよ」

「金を借りるときには、できるだけ真実をさらしたほうが信頼を得られますが」

「それは商人の話だ。先のことを考えて金を動かすからねえ。武家はその場に要るだけの金さえ手に入れれば、あとは別の話だから」

紀伊国屋文左衛門が嘲笑した。

「三千両は渡してあげなさい。いや、五千両持っていきなさい」

「よろしいので」

多助が確認した。

「かまわないよ。その代わりね、奥医師のどなたかを紹介してもらいなさい。できるだけ金に汚いお人をね」

「奥医師でございますか」

聞いた多助が首をひねった。江戸一の金満家《きんまんか》紀伊国屋文左衛門ならば、奥医師などという権威よりもはるかに腕のたつ長崎の医者を招くこともできる。

「わたしじゃないよ、将軍さまにね。一服盛ってもらう人を探しているのさ」

紀伊国屋文左衛門が、告げた。

いつものように登城した聡四郎を御殿坊主が待っていた。

「紀州家御家老安藤帯刀《あんどうたてわき》さまが、お目にかかりたいとお待ちでございまする」

「田辺《たなべ》の安藤どのか」

思わず聡四郎は問いなおした。

安藤帯刀は徳川御三家紀州五十五万石の筆頭家老である。初代は駿河《するが》に隠居した大御所徳川家康のもとで老中を務めた股肱《ここう》の臣《しん》であった。家康がもっとも愛した十男頼宣《よりのぶ》の傅育《ふいく》をと、とくに選んでつけたほど信頼された。

この家康の信頼が安藤家の不幸となった。いかに家康最愛の息子とはいえ、将軍ではなく、紀州藩主となれば、その家老は陪臣《ばいしん》でしかない。安藤一族の本家でありながら、分家たちが老中若年寄と重職を歴任していくのを黙って見ているだけではなく、江戸城に決まった席も与えられず、身分も一段低くあつかわれる。

「末代まで疎略《そりゃく》にはせぬ」

家康は、付け家老となった者たちを、直臣《じきしん》格として遇すると約束したが、代を重ねると世間の対応は変わる。いつのまにか、付け家老は陪臣としてあつかわれるようになっていた。

三河以来の譜代でありながら、直臣ではない。付け家老の家柄は、どこも鬱積《うっせき》したものを持っていた。

「はい。こちらへ」

十分金が行き届いているのか、御殿坊主は聡四郎の諾《だく》を聞く前に歩きだした。

内座とは反対側の畳廊下に安藤帯刀は待っていた。

「お呼びたていたして申しわけござらぬ。拙者田辺の安藤帯刀でござる」

若い立派な身なりの侍が名のった。

安藤帯刀陳武《のぶたけ》は、病弱な兄直名《なおな》が若隠居した跡を受けて、紀州田辺藩安藤家を継いだ。まだ三十にならない若さながら、すでに十五年以上吉宗《よしむね》の補佐を務めていた。

「勘定吟味役、水城聡四郎でございまする」

聡四郎はていねいに頭をさげた。

江戸城における身分からいけば聡四郎が上だが無官であり、五位の諸大夫である安藤帯刀におよばなかった。

ここにも付け家老という家柄の矛盾が顔を出していた。

「御用繁多でございましょう。前置きはなしにさせていただきまする」

「けっこうでござる」

安藤帯刀の申し出に聡四郎も首肯した。

「紀州の権中納言《ごんのちゅうなごん》さまより、飛脚が参りました」

付け家老たちは、御三家の当主を官名で呼び、けっして殿とは言わなかった。

「相模屋伝兵衛の娘紅をご猶子《ゆうし》になさるとのことでございまする」

「本気であられたのか」

聡四郎は驚愕した。

紀州家当主徳川吉宗が帰国の途上、聡四郎にそのようなことを告げたが、まさか真実になるとは考えてもいなかった。

「ついては、相模屋伝兵衛の娘を紀州家上屋敷にてお預かりいたしたく、明後日お迎えにあがりまする。準備万端整えてお待ちくださいますよう。では、これにて」

用件を述べ終わると、聡四郎の返事も聞かず、安藤帯刀は去っていった。

この日、聡四郎は内座にいても落ち着かなかった。

「水城さま、どうかなされましたので」

あまりにそわそわしている聡四郎に、太田彦左衛門までが怪訝な顔をした。

「いや、御心配かけて申しわけない」

私《わたくし》のことだけに、聡四郎は太田彦左衛門へ相談できなかった。

「遠慮なくお話しくだされ」

「婚姻のことなれば……」

「水城さまが。それはめでたい」

太田彦左衛門が吾《わ》がことのように喜んだ。

「いや、まだ決まったわけでは」

「吉事《きちじ》は手早くと申しまする。些事《さじ》にとらわれることなく、お進めなされませ」

「はあ」

「それはそれは」

心ここにあらずも当然だと、太田彦左衛門は一人納得して自席へと戻っていった。

「些事とは申せぬのでござるがなあ」

小さく聡四郎はつぶやいた。

なに一つ片づけることもできず、聡四郎は下城時刻を迎えた。

「おめでとうございまする」

にこやかに祝いを述べる太田彦左衛門に見送られて、聡四郎は江戸城を出てまっすぐ相模屋へと向かった。

「どうかなされましたか。とにかく奥へ。和兵衛《わひょうえ》、あとを頼むよ」

帳場で筆を執《と》っていた相模屋伝兵衛が、聡四郎の異常に気づいた。番頭に後事を託すと相模屋伝兵衛は聡四郎を居間へと連れていった。

「相模屋どの。じつは……」

座るのももどかしく、聡四郎は朝のことを話した。

相模屋伝兵衛は、話を聞かされて目を剝いた。

「紀州さまの、お迎えがお見えになると」

「さようでござる」

聡四郎も落ち着きを失っていた。

「ご冗談ではなさそうでございますな」

真剣なまなざしの聡四郎に相模屋伝兵衛が嘆息した。

「あの紅を紀州さまの養女にとは」

相模屋伝兵衛が首を振った。

「お断りは……無理でございましょうなあ」

「……申しわけございませぬ」

聡四郎は頭をさげた。聡四郎が吉宗とかかわらなければ、紅が紀州家へ連れていかれることはなかった。

「いや、水城さまにお詫びいただくものではございませぬが……紅がお屋敷で務まりましょうか」

親として不安だと相模屋伝兵衛が言った。

「体《てい》のいい人質でござんすね」

相模屋伝兵衛の右腕、職人頭の袖吉が居間へ入ってきた。

「やはりそう思うか」

聡四郎は袖吉に確認した。

「他にわけがござんすかい。紀州の殿さまといえば、次の将軍さまになるかもしれねえ人でやんすよ。そのお方の養女とくれば、普通は大名か公家《くげ》の娘が相場。親方の前でこう言っちゃなんでやすが、たかが人入れ屋じゃ、はしごをかけても届きやせん」

「好き勝手言いやがる」

聞いた相模屋伝兵衛が苦笑した。

「お嬢さんを手中にすれば、江戸の人入れを握っている相模屋も、水城の旦那も逆らうことはできやせん」

「水城さま……」

相模屋伝兵衛が、聡四郎を見た。

「役目のことならば、それが我が親、吾が身であろうとも惜しむことはない。しかし、私のことと なれば、首肯するしかない」

役目のうえでの不正でなければ、紅の命を優先すると聡四郎は答えた。

「もっとも、人質でございとおとなしくしているお嬢さんじゃござんせんでしょうが……」

珍しく袖吉が口ごもった。相模屋伝兵衛も苦い顔をした。

「どうした」

聡四郎は首をかしげた。

「紅は女でございますれば」

ほほをゆがめて相模屋伝兵衛が続けた。

「紀州公が紅どのへ手を出すと言われるか」

理解した聡四郎が息をのんだ。

「お嬢さんが、したがうことはござんせんがね。それを手として使われると考えておかなきゃいけやせん」

袖吉が話した。

「ありえないことを考慮するのか」

怪訝なことをと聡四郎は問うた。

「あのお嬢さんが、旦那以外の男に身体を許すとお思いで。それこそ手を伸ばした瞬間に相手が将軍さまでも蹴りとばしまさ」

「褒めているようには聞こえないが、そのとおりだ。我が娘ながら、強情で」

相模屋伝兵衛も首肯しながら、複雑な顔をした。

「だから、それがどう……命か」

ようやく聡四郎は気づいた。操《みさお》を汚されたら死を選ぶ女ならば、それを理由に相模屋伝兵衛たちを脅すことができる。

「正式に紀州家から紅を側女《そばめ》にと言われては断れませぬ。断れば、江戸城出入りの看板をお返ししなければなりませぬ」

小さく相模屋伝兵衛が首を振った。

相模屋伝兵衛が江戸の人足を牛耳っているのは、幕府お出入りだからである。その名声があるからこそ、大名も豪商も相模屋へ仕事を頼むのだ。幕府お出入りの看板を失えば、相模屋の商売はなりたたなくなる。

「ううむ」

聡四郎はうなった。

「娘の命と相模屋の看板……二つを紀州さまに握られることになりまする」

「申しわけもござらぬ」

相模屋伝兵衛の言葉に、聡四郎は頭をさげるしかなかった。

三人がしんみりしているところへ、紅が帰ってきた。

「うちに寄るなら寄るって、朝言っておいて」

挨拶もなしで、紅が聡四郎に苦情を言った。

「これ。いい加減になさい」

しぶい顔で相模屋伝兵衛が紅をたしなめた。

「せっかく作った夕餉が無駄になったのでございますよ」

聡四郎にはぞんざいな紅だが、父親にはていねいな口調であった。

「すまぬ。急用ができたのでな。城から直接ここに来たのだ。夕餉は帰ってからもらうゆえ、許せ」

すねられてはよけいに手間がかかる。聡四郎はすなおに詫びた。

「しかたないわね。こっちで食べていくんでしょ、今用意するから」

謝られて機嫌をなおした紅が台所へと消えた。

「旦那が来られてると聞いて、若いのを迎えに行かせたんでやすが、要らぬおせっかいでございましたかね」

袖吉が首をすくめた。

「いや、待たせっぱなしのほうが、よくはなかったであろう。助かった」

聡四郎は首を振った。

遅めの夕餉を終えて、聡四郎は相模屋を辞去した。

「あっしもねぐらに帰りやす。旦那、そこまでお供させておくんなさい」

袖吉がついて出てきた。

「行きやしょう」

相模屋の紋入り提灯に火を入れて、袖吉がうながした。

「ああ」

半歩遅れて聡四郎も続いた。

「……旦那」

しばらく無言で歩いていた袖吉が歩みをやめた。

「なんだ」

聡四郎も止まった。

「紀州家からお嬢を側室にと来られたとき、相模屋は旦那の敵になるかもしれやせん。お嬢の命には代えられやせんので」

「…………」

言われた聡四郎は絶句した。

三

衝撃を受けたまま一夜を明かした聡四郎は、登城する気になれず、病気を申しでて勤務を休んだ。

「仮病など論外ぞ。出世していくになにより大事なことは知識ではなく、休まぬことじゃ。こやつは身体が弱いなどと上役に思われては、役目をはずされることはあっても、栄達することなどない。今からでも役所へ出ていかぬか」

聡四郎の父功之進が、顔を真っ赤にして怒った。

「わがままをお許しくださいませ」

反発せず、低頭した聡四郎はまだ不満を口にしている功之進を残して、道場へと向かった。無言で大宮玄馬が、あとについた。

聡四郎の表情を一目見て、入江無手斎が一喝《いっかつ》した。

「この大馬鹿者があ」

道場に一歩入るなり、聡四郎は怒鳴りつけられた。

「師……」

天井が抜けるかと思うほどの大声に聡四郎は肚から震えた。

「聡四郎、今のきさまは何者ぞ。旗本か、剣士か」

入江無手斎が、きびしい声で問うた。

「…………」

返すことが、聡四郎にはできなかった。行き場のなかった部屋住みのころと同様、道場に居場所を求めていると、聡四郎は己でわかっていた。

「今のおまえは、ただの腑抜《ふぬ》けぞ。なにがあったかは知らぬが、まだ生きているうちからそのようなあきらめた面をするような者を弟子にもった覚えはない」

緩むことのない矛先が聡四郎を突き刺した。

「申しわけございませぬ」

聡四郎は床に額を押し当てた。

「死ね」

冷たい声で入江無手斎が告げた。

「師、それはあまりに……」

　黙って道場の外に控えていた大宮玄馬が口を出した。

「玄馬。そなたが殺してやれ。このようなありさまでは剣士として死んだも同然。止めをさしてやるのが同門の誼《よしみ》じゃ」

「なんということを」

　大宮玄馬が息をのんだ。

「一放流は、戦国に鎧武者を一撃で倒すことから生まれた。これは手柄をたてるためでもあったが、そのじつは敵の反撃を受けぬようにするため。死人は反撃してこぬ。つまり人が人を殺す戦場でいかに生き残るかをつきつめたもの」

　入江無手斎が、聡四郎に目をやった。

「すでに戦国の世ではなくなったが、儂は一放流を生きるための術として教えてきた。たとえ他人を殺してでも、己は生きる。いわば、生への妄執を学ばせてきた。その儂の剣術師範としての人生でもっとも優れた弟子である聡四郎が生への執着を失ってしまった。つまり、儂のしてきたことは、無駄だった」

　感情のない瞳に聡四郎を映しながら、入江無手斎が続けた。

「ものごころついてから、剣とともに儂はあった。師から独りだちを許されてから、全国津々浦々を廻り、名のある修行者と聞けば試合を挑んだ。ときには勝ち、ときには負け、それこそ死にかけたことも数えきれぬ。四十の声を聞くまでは無我夢中であった。ただ剣を極めることが儂の人生だと思っておった」

入江無手斎が人生を語っていた。

「数知れぬ名人上手と刀をあわせてきた。その多くに勝ちをおさめた。だが、負けたこともある。何度かな」

「…………」

聡四郎と大宮玄馬は固唾《かたず》をのんで聞いた。

「あれは四十になったときのことじゃ。鬼伝斎との戦いをこえて、さらに一段あがったと思っていた儂は、大きく頭を打った。田舎の名の知れぬ武芸者に、儂は完膚《かんぷ》なきまでにやられた。儂が生きておるのが不思議であろ。本当に腕の差があるときは、命のやりとりにならんのだ。かかってくる赤子《あかご》を全力で叩く大人はおらぬであろ」

淡々と入江無手斎が述べた。

「師を赤子あつかい……」

大宮玄馬が息をのんだ。

弟子たちにとって師匠ほど強いものはない。また入江無手斎は事実、江戸でも指折りの剣術遣いであった。

「どうして負けたかもわからなかった。儂は己の限界を悟り、剣術を極めることをあきらめた」

入江無手斎の言葉が終わった。

「すみませぬ」

なまじ感情がこもっていなかっただけに、入江無手斎の話は聡四郎にこたえた。

「玄馬」

「はい」

呼ばれた大宮玄馬が袋竹刀を持った。

「聡四郎、死んでこい。死んですべての心の澱《おり》を葬ってこい。玄馬、それが同門の、家臣としての務めぞ。主を諭す者こそ、忠臣」

入江無手斎が命じた。

「はっ」

ゆっくりと聡四郎も立った。

「ご無礼つかまつる」

主君への態度として、大宮玄馬が頭をさげた。

「お願いいたす」

教えてもらう立場になった聡四郎は深く礼をした。

ともに入江無手斎の薫陶《くんとう》を受けたが、聡四郎と大宮玄馬の剣筋はまったく違っていた。衆にすぐれた体軀《たいく》をもとに上段からの一撃必殺を得意とする聡四郎と、小柄な身体を利用した細かく素早い動きで急所への痛撃をくりだす大宮玄馬の戦いは、静かに始まった。

最初に動いたのは聡四郎であった。青眼から袋竹刀をゆっくりと右肩にかついだ。一放流の極意雷閃の構えを取った。

応じて大宮玄馬が袋竹刀を下段へ変えた。

入江無手斎から一放流小太刀創始の許しを得たほど、大宮玄馬の剣才は群を抜いている。あと五寸（約一五センチ）身長があれば、大宮玄馬は聡四郎の家士ではなく、入江道場の跡継ぎとなっていた。

人の気迫は瞳に出る。名人上手ともなると目の光だけで敵を威圧することもできた。

今の聡四郎は、大宮玄馬の目を見ることができなかった。

一放流は、一撃で鎧武者を倒す。その威力を出すには、深く腰を据えなければならなかった。聡四郎は大宮玄馬から目をそらしたまま膝を曲げた。

「…………」

すっと大宮玄馬が間合いを詰めた。

三間（約五・五メートル）の間合いが二間（約三・六メートル）になった。大宮玄馬からすさまじい殺気がぶつけられた。

聡四郎は返すだけの気力が出なかった。

「参る」

大宮玄馬がかすんだように見えた。

「くっ」

あわてて聡四郎は雷閃を放った。

乾いた音がして、聡四郎の袋竹刀が弾きあげられた。

「あつっ」

がら空きになった胴へ大宮玄馬の一撃が食いこんだ。

「うう」

胸のなかの空気が叩き出された。

「止めをさせ」

冷たい声で入江無手斎が指示した。

大宮玄馬の袋竹刀がひるがえって、聡四郎の脳天を撃った。

白いものに周囲を覆われ、聡四郎の意識がとぎれた。

聡四郎が気を失っていたのは、ほんの少しの間だった。

「あらたに生まれた気分はどうじゃ」

入江無手斎がすぐ隣に座っていた。

「師……」

急いで起きようとした聡四郎を入江無手斎が押しとどめた。

「生まれたばかりの赤子がいきなり立ちあがることはない。寝たままであたりを見てみるがいい」

言われて聡四郎は、目を動かした。それほど大きくはない道場が、世のすべてに思えた。

「聡四郎よ。道場の天井は見えるか」

「はい」

問いかけに聡四郎は首肯した。

「雨漏りの痕《あと》もわかるな。では天井の上、雲はどうじゃ」

「見えませぬ」

聡四郎は首を振った。

「しょせん人が把握できるのは、己の手の届く範疇《はんちゆう》よ」

落ち着いた口調で入江無手斎が話した。

「できることとむりなこと。その差を知るがいい。人はどうあがいても神にはなれぬ。一人ではことをなせぬ。なればこそ、人は群れるのだ」

入江無手斎が腰をあげた。

「礼を言っておけ。主の脳天を遠慮なく撃てる家臣などそうはおらぬ。粗略にあつかえば、儂が許さぬ」

きびしく言い残して、入江無手斎が道場から出ていった。

「殿……」

あらためて見ると、道場の片隅で大宮玄馬が小さくなっていた。

「申しわけございませぬ」

大宮玄馬が平伏した。忠義を根本としている世で、家臣が主君の頭を試合とはいえ撃ったのだ。ただではすまなかった。

「いや。謝るべきはこちらだ。すまなかった」

床の上に座りなおして、聡四郎が詫びた。

「主君は家臣の鑑《かがみ》とならねばならぬ。また、主の出世が家臣の誉《ほま》れでもある。それを吾《われ》は放棄したのだ」

戦で家臣が命をかけて主君を守るのは、そこにあった。

聡四郎は、出世の望みどころか、戦う気力さえ失いかけていた。それは家臣に見捨てられてもしかたないことであった。

「玄馬。主としても兄弟子としてもふさわしくない吾だ。望むなら他家への仕官《しかん》の口を探す」

「情けなきことを」

大宮玄馬が涙を流した。

「殿は、三男で厄介者《やっかいもの》でしかなかったわたくしに、三十石という禄をくださった。いわば侍として死んでいたわたくしを生かしてくださったのでござる。どのようなことがあろうとも、生涯忠誠を尽くしまする」

「…………」

聡四郎は黙って頭をさげた。

「殿、一つお詫びいたさねばなりませぬ」

言いにくそうに大宮玄馬が口を開いた。

「試合の一件ならば、あたりまえのこと。気にせずともよい」

小さく首を振った聡四郎は、道場の扉を開いて入ってきた紅に驚愕した。

「なぜ……」

どこへ行くとも告げずに、朝、聡四郎は屋敷を出たのだ。紅がここにいるはずはなかった。

「わたくしが、お報せ申しました」

大宮玄馬が首をすくめた。

真剣な表情で、まっすぐに紅が近づいてきた。

「紅どの」

「ばか」

聡四郎の正面に座って、紅が泣いた。

「いつまで一人で迷うの。何度も言ったでしょ、あなただけじゃないって。夫婦は一心同体。なにがあっても、あたしはあなたの味方。あなたは孤独じゃない」

紅が聡四郎を胸に抱きしめた。えりもとにたきこめた香が、聡四郎を包んだ。

「すまん」

聡四郎は、ただ謝ることしかできなかった。

四

紀伊国屋文左衛門のもとに毎日、柳沢吉保の状況が報された。

「ふうん。医者の診たてじゃ一月ということかい」

「へい」

柳沢家のお仕着せを身につけた中間が首肯した。

「ご苦労だった、また頼むよ」

紀伊国屋文左衛門は、一分金《ぶきん》を中間に握らせて帰した。

冷たい顔で紀伊国屋文左衛門が言った。

「まあ、腐れ縁だ。柳沢さまが心残りなくいけるようにしてあげなきゃいけないね。しかし、大奥とは難物だねえ」

かつて紀伊国屋文左衛門へ柳沢吉保が、大奥は表ほど警備はきびしくない、毒殺もできると話した。もっとも、それを信じるほど紀伊国屋文左衛門は甘くはなかった。

「将軍さまも毎日熱を出しているらしいけどね」

間部越前守の家老をつうじて紹介された奥医師は、あっさりと金で将軍家継の状況をしゃべってくれた。

「しかし、将軍が弱いなんてことが世間に漏れたら、なにかと困るだろうに。それを医者が漏らすとはねえ。こんな金に弱い奴は、かえって使えません。毒を盛ってくれなんて頼んだとたんに、町奉行所へ訴えでるのがわかっている」

「おまえさん、あんまり後生《ごしょう》にかかわるようなことはやめておくれな」

九尺二間《くしゃくにけん》の裏長屋である。紀伊国屋文左衛門の独り言は女房にまる聞こえであった。

「噴きだしそうになるじゃないか。後生だって、そんなものがあるものか。前世だとか、地獄だとか、誰も見てきたわけじゃない。わたしはね、この目で確認するまであるとは信じないのさ。百歩譲ってあったところで、どうせわたしゃ柳沢吉保さまなんぞは、地獄行き。それもいいからね。地獄に落ちたら、鬼を客に儲けさせてもらうさ」

紀伊国屋文左衛門はうそぶいた。

「じゃ、ちょっと出てくるよ」

嫌な顔をしている妻を残して、紀伊国屋文左衛門が長屋を出た。

「なんで地獄、極楽なんて死んだ後のことを気にするのかねえ。今生きているんだから、この世をたいせつにすればいいじゃないか」

紀伊国屋文左衛門は独りごちた。

「女房のことは置いておくとして、問題は大奥か」

歩きながら、紀伊国屋文左衛門が思案した。

「手の者を殺していいなら、いくらでもやりようはあるんだけどねえ。それこそ、鉄炮を持たせた忍を大奥へ入れればすむ。庭の木陰から狙い撃てば、将軍でも老中でも、一発でこの世とお別れにできるが、確実に撃った本人の逃げ道はなくなる」

江戸城の警備はいくつも重なっていた。門を警備する大番組《おおばんぐみ》を皮切りに、徒目付、書院番組《しょいんばんぐみ》、新番組《しんばんぐみ》ときて、最後に大奥を伊賀組が守っていた。

「御上の伊賀組は、すでに同心に成り下がっているとはいうけど、そのとおりなわけはない。忍が見せる姿をそのままに取るのは、ばかだ。江戸城の外は、伊賀組の範囲ではないから知らぬ顔をしているだけ、いざ、大奥となると、黙ってはいないだろうからねえ。忍びこむことはできても、鉄炮を撃つことはできまい。火縄の匂いはかなりきついからね」

商売人である紀伊国屋文左衛門は、裏にあるものをかならず考慮していた。

「近いうちに死なれる柳沢さまは、これですべて終わりにできるけど、わたしは、まだしなきゃいけないことがたくさんある。死ぬとわかっているところへ行かせたら、いい奉公人が集まらなくなる」

さすがの紀伊国屋文左衛門も手を思いつかなかった。

「お城から出てきてくれるとやりようは、いくらでもあるからねえ。なんとかお城から出す方法はないものか」

将軍位を継ぐために元服したとはいえ、家継はまだまだ幼いのだ。先代将軍である家宣はもとより、神君家康の忌日《きにち》でも法要に出席することはなかった。

「間部越前守にさせようにも、家継さまが死命《しめい》の心柱《しんばしら》。手元から離すことはないわな」

早足で歩きながら、紀伊国屋文左衛門が悩んだ。

「一人で思案したところで、たかが知れてるわ。あんまり会いたい相手ではないけれど、江戸城のことには永渕啓輔さんがくわしい」

紀伊国屋文左衛門は、ついと辻を曲がった。

「ごめんくださいませ」

紀伊国屋文左衛門は、永渕啓輔の屋敷に訪《おとな》いを入れた。

「はい」

門番を兼ねる老爺《ろうや》が応対した。

「永渕さまは、ご在宅で」

「主は、まだお城でございまする。あなたさまは」

老爺が問うた。

柳沢吉保をつうじて、永渕啓輔とは知りあいの紀伊国屋文左衛門であったが、屋敷に来たのは初めてであった。

「さようでございますか。では、浅草の隠居がお目にかかりたいと申していたことを、お帰りになりましたらお伝えくださいませ」

如才《じょさい》なく小粒《こつぶ》を老爺に渡して、紀伊国屋文左衛門が頼んだ。

「これは……承知いたしました。主が帰りましたら、その旨《むね》かならずお伝えいたしまするで」

老爺が請け合った。

その夜、永渕啓輔が、浅草の長屋を訪れた。

「迷惑なまねはやめてもらおう」

挨拶もなしで、いきなり永渕啓輔が小粒を返した。

「おやおや、年寄りの小遣いも許しませんか。あまり杓子《しやくし》定規では、人がついてきませんよ」

小粒を懐にしまいながら、紀伊国屋文左衛門が苦笑した。

「説教くさいまねはやめてもらおう。で、なんの用だ」

永渕啓輔が、紀伊国屋文左衛門を制した。

「教えていただきたいことがございましてな。まあ、どうぞ、おかけくだされ」

紀伊国屋文左衛門が敷物を勧めた。

「このようなところで、話をしていいのか。壁などないにひとしいぞ」

狭い部屋を永渕啓輔が見渡した。

「大丈夫でございますよ。朝から晩まで汗を流さねば食べてはいけぬ連中ばかり。油を買う金なんぞどこにもありはしません。日が落ちれば死んだように眠るだけで」

小さく笑いながら紀伊国屋文左衛門が告げた。

「ふむ。では、申せ」

永渕啓輔がせかした。

「大奥の守りについて、くわしく教えていただきたいので」

「なに、大奥だと」

聞いた永渕啓輔の表情が変わった。

「さようで。まあ、なにをどうするかは、さすがに言えませんが、美濃守さまのご命令でございまする」

「……なぜ、おまえのような金で動く商人にお任せになられるのだ」

悔しそうな顔で永渕啓輔が言った。

「永渕さまでは無理だからでございましょうなあ」

「なにっ」

神経を逆なでするような紀伊国屋文左衛門に、永渕啓輔が気色《けしき》ばんだ。

「落ち着いてくださいませ」

紀伊国屋文左衛門がなだめた。

「永渕さまにさせては、美濃守さまのかかわりが見えましょう」

永渕啓輔は、もと柳沢吉保の家臣である。家継の暗殺に成功しても、その身元を調べられれば、容易に柳沢吉保へたどり着ける。

「……ううむ」

諭された永渕啓輔がうめいた。

「わたくしならば、その怖れがございませぬ。なにせ、まちがえてもわたくしが直接手を出すことはありませぬので。金を遣って人を雇い、その者にさせれば、どうあっても美濃守さまへ届くことはありませぬで」

「……わかった」

大きく息を吸って、永渕啓輔が気を落ち着かせた。

「紀伊国屋も知ってのとおり、大奥へいたる道は二つしかない。一つが中奥から大奥へと将軍家が渡られる鈴《すず》の廊下」

永渕啓輔が語り始めた。

鈴の廊下を通れる者は、将軍と奥医師だけである。中奥側には小姓番が詰め、大奥側には女武芸者である別式女《べっしきめ》が控え、厳重に警固していた。

「中奥と大奥は、銅《あかがね》板塀で仕切られておる。互いの顔が見えぬよう、塀の高さは一間（約一・八メートル）をこえる」

「それはさしたる障害ではございませんな」

一間の塀など、忍にはないも同然であった。

「その代わり、伊賀者がおる」

大奥と中奥の境になる御広敷には伊賀者同心が配されていた。

「腕のほどはいかがで」

「全員を知っておるわけではないが、半分は遣える」

「半分……御広敷伊賀者は何人いましたかね」

「今は九十二人のはずだ。三組に分かれた伊賀者が交代で御広敷に詰める」

紀伊国屋文左衛門の問いに永渕啓輔が正確に答えた。

「つまり大奥の警固は三十人おり、その半分が遣える。となると、十五人。なるほど」

一人で紀伊国屋文左衛門が合点した。

「甘く見るな。腕のたつ伊賀者十五人は、侍四十人に匹敵するぞ」

永渕啓輔が注意した。

「もちろん、なめてかかってなどはおりませぬよ。ただ、十五人で守るに、江戸城は広すぎましょう」

糸口を見つけたと紀伊国屋文左衛門が笑った。

「忍を使うか」

「さて、どうでしょう」

紀伊国屋文左衛門はあいまいな答えを返した。

「かたじけのうございました」

話は終わったと、紀伊国屋文左衛門が頭をさげた。

「これを……」

懐から紀伊国屋文左衛門が金包みを八つ、二百両出した。

「どういう意味だ」

永渕啓輔の声が、これ以上ないほど低くなった。

「他意はございませんよ。と申したところで信用できないでしょうな」

紀伊国屋文左衛門が苦笑した。

「わたくしのために働いてくださいとの金じゃございませんよ」

「ではなんだ」

警戒を解かずに永渕啓輔が問うた。

「柳沢さまへの最後のご奉公の準備でございます」

「最後だと。紀伊国屋、きさま裏切る気か」

永渕啓輔が憤慨した。

「言葉に気をつけていただきましょうか、永渕さま」

紀伊国屋文左衛門が重い口調で咎めた。

「商人といえども気概も忠義もございまする。今さら敵対したところで、誰が受け入れてくれましょう」

すでに影が間部越前守に手を伸ばしていることを、紀伊国屋文左衛門は永渕啓輔に教えなかった。

「それよりも、永渕さま。わたくしを疑われるは、最後で裏切るような者を長く重用《ちょうよう》した柳沢吉保さまを暗愚だとおっしゃっているにひとしいのでございますよ」

「……詭弁《きべん》を」

たしなめられて永渕啓輔が唇を嚙んだ。

「まあ、落ち着いてくださいな。この金は、柳沢さま亡き後の費《つい》えでございまする。おそらく、柳沢さまがおられなくなれば、役人たちは手のひらを返してくることでございましょう。わたくしも以前のように店を大きく張っていくことはできますまい。それこそ、適当に罪をなすりつけ、紀伊国屋の財産を全部持っていく気でおりましょう。そうなれば、わたくしなど、ただの老爺。もうなにをする力もございません。当然、永渕さまも御役を解かれ、小普請《こぶしん》入りになられましょう」

小普請とは、小旗本や御家人が無役となったときに組み入れられるところである。役料はもちろんなく、逆に江戸城の修理などの費用分担金を供出しなければならず、懲罰小普請という言葉があるほど、幕臣たちから怖れられた。

「うむ」

永渕啓輔が苦い顔をした。今でこそ徒目付という役職があり、それにともなう権力を振るうことができるが、小普請となれば登城することさえ許されなくなる。

「権を失ったとき、頼りになるのは金でございますよ」

紀伊国屋文左衛門が、金をぐっと永渕啓輔のほうへ押した。

「言いにくいことでございまするが、柳沢さまのご寿命はそう長くはございませぬ。あの方にいろいろと弱みを握られていればこそ、幕閣も役人も見て見ぬふりをしておりますが、それも終わりましょう。それこそ、吉里さまを謀反人《むほんにん》とするやもしれませぬ」

「そのようなこと、拙者が許さぬ。老中どもを皆殺しにしてでも止めてみせる」

するどい殺気を永渕啓輔が放った。

「口にされておられながら、無理だとおわかりでございましょう。だからこそ、席を立っていかれない。普段の永渕さまなら、とっくに出ていかれてますな」

紀伊国屋文左衛門の言うとおりであった。永渕啓輔は黙った。

「永渕さま。機会はそうありますまい。この金は、そのときのためのもの。わたくしからではなく、柳沢さまからだと思ってお受け取りを」

「……礼は言わぬ」

永渕啓輔が金包みを懐に入れた。

「要りませんよ。わたくしはわたくしで動きまする。おそらく、今夜がお目にかかる最後となりましょう。永渕さま、ご健勝《けんしょう》で」

暗に帰れと紀伊国屋文左衛門が告げた。

「お互いにろくな死に方はすまい。地獄で会おうぞ。紀伊国屋」

永渕啓輔が、音もたてずに長屋から出ていった。

「誰もかれも死んだ後のことを口にしすぎだね。死んでしまえば、人は腐って土に帰る。そこには思いも夢もなんにも残りはしませんよ。生きている間にいろいろなことをしておかないとね。死んでしまえば後悔もできやしません。だから、わたしは最後まで戦うことをやめませんよ。それを柳沢さまに教わりました」
紀伊国屋文左衛門が決意を瞳にこめた。

第四章　末期の一手

一

いよいよ柳沢吉保の容体が切迫した。

「お目にかかれようか」

甲府藩主柳沢甲斐守吉里が、茅町の中屋敷を訪れた。

「あまり長くお話は……」

藩医が、手短にと忠告した。

茅町の中屋敷は、隠居した柳沢吉保が使用していたため、家臣たちも子飼いでしめられ、吉里に馴染みはなかった。

初見の中屋敷用人《ようにん》に案内されて、吉里は柳沢吉保が病臥《びょうが》している奥の書院へと足を運んだ。

「わざわざのお越し、まことにおそれいりまする」

吉里の来訪を受けて、寝ていた柳沢吉保が起きあがった。

「ご無理はなされず」

手ずから吉里は、柳沢吉保を床へと横たえた。

「もったいないことを」

傲慢《ごうまん》な柳沢吉保が恐懼《きようく》した。

「和子《わこ》さま。長らくお側におりましたが、そろそろお別れのときが参ったようでございまする」

「情けないことを言われるな、父上」

「どうぞ、どうぞ。わたくしめを父とお呼びになるのはおやめくださいませ。あなたさまは、貴きお血筋。わたくしは上様より和子さまをお預かりいたしただけ」

「…………」

柳沢吉保が上様と呼ぶのは、一人五代将軍綱吉だけであった。

吉里は無言になった。

「和子さま。長らくご辛抱《しんぼう》願いましたが、ようやくお城へとお帰りいただく日が参りました。二代にわたって位を簒奪《さんだつ》いたしていた血筋を消し、百代《ひゃくだい》の禍根《かこん》を根絶やしにいたしまする」

「な、なにを」

聞いた吉里が息をのんだ。

「泥水につけた白絹は洗えどくすむと申しまする。正しき者を汚さぬようにするのが、家臣の務めでございまする。和子さまはなにもお気になされず、すべてをわたくしにおまかせくださいませ」

柳沢吉保は、詳細を語らなかった。

「父上よ。あえてそう呼ばせていただく」

「なにを言われる……」

「いや、最後まで聞かれよ」

吉里が柳沢吉保を遮った。

「余は将軍になどなりたくはない。この甲府藩主でさえ身に余る大任だと思っておるのだ。生まれたときから余は、ここで育って参った。余にとって、里は甲府。名は柳沢。将軍位など欲しい者にくれてやって少しも惜しいとは思わぬ」

「和子さま」

病人とは思えぬきびしい声を柳沢吉保があげた。

「なんということを仰せられるか」

ふたたび柳沢吉保が身体を起こした。

「いかぬ」

止めようとした吉里の手を柳沢吉保が払った。

「和子さま。お考え違いをなされてはいけませぬ」

荒い息をつきながら、柳沢吉保が吉里をたしなめた。

「天下を統一された家康さまが亡くなっても、大名どもが将軍に膝を屈し続けたのは、なぜだかおわかりでございまするか。それは跡を継がれた秀忠《ひでただ》さまが正統であられたからでございまする。正しき血筋であればこそ、人は尊敬の念を抱き、忠誠を捧げるのでございまする。一片の汚点でもあれば、人は血に疑いを持ちまする。そうなれば、幕府から出る命や令にしたがわなくなりまする。まつろわぬ人はいずれ、争いのもととなり、泰平が破られまする」

柳沢吉保が話した。

「また戦国の世に戻るというのか」

「さようでございまする」

吉里の危惧《きぐ》を柳沢吉保が認めた。

「血で血を洗い、親子兄弟が殺し合う。塗炭《とたん》の苦しみを受けた庶民たちは、怨嗟《えんさ》の声をあげることさえできなくなり、国は荒れまする。このままではそうなりかねませぬ。万民が納得する将軍をいただかねば、幕府は倒れまする」

「万民が納得する将軍が余だと」

「はい。神君家康公の御血をまっすぐに受け継いだお方、それは吉里さまでございまする。家宣ごときは傍系、いわば三家の者どもと変わることはなく、本来は家臣として吉里さまにお仕えすべき身分。それを……」

不意に柳沢吉保が目を見開いた。

「順逆《じゅんぎゃく》の徒《と》どもが……おいたわしや、上様」

柳沢吉保が、泣いた。

「美濃守……」

初めて吉里が柳沢吉保を官名で呼んだ。

「上様のなされることに反駁《はんばく》するならまだしも、大奥で女に上様を……あのような卑怯《ひきょう》な手に出るなど、家臣の風上にも置けぬ輩どもめ。あのとき、わたくしめは誓ったのでございまする。かならずや上様のご無念をお晴らし申しあげ、唯一のお血筋である吉里さまに天下をお返しすると。そのためにはどのようなことでもなしてみせましょう」

柳沢吉保の瞳が闇を浮かべた。

「どのようなことでもだと……本気か」

吉里が柳沢吉保の狂気に震えた。

「簒奪者《さんだつしゃ》の血筋は絶やさねばなりませぬ。後顧《こうこ》の憂《うれ》いは断たねば、いつか叛逆《はんぎゃく》の刃を背中に隠した者が、近き者の面をかぶってお血筋に害をなすやもしれませぬ」

「将軍を殺すなど」

「ご心配にはおよびませぬ」

吉里の口を柳沢吉保が制した。

「どのようなことがあっても、わたくしの名前も、吉里さまの御名も出ることはございませぬ。もちろん、手を下す者がしゃべることなどありませぬ。なにより知ったところで、罪人どもが新しき上様を指弾《しだん》する言葉など吐けようはずもございませぬ。言えば、己の犯した罪まで明白にせねばならぬのでございまする。すべての者が沈黙を守りましょう」

勝ち誇ったように柳沢吉保が告げた。

「あと少し、あと少しだけお待ちくださいませ」

疲れ果てたように柳沢吉保が、夜具の上へと崩れた。

「……医師、医師はおらぬか」

吉里が叫んだ。

騒然とする中屋敷を吉里は離れた。

「一衛《かずえ》」

駕籠のなかから吉里が呼んだ。

「これに」

駕籠脇の侍が応えた。

「余も流されることになった」

あきらめの口調で吉里が言った。

「すでに取り返しのつかぬところまで話が進んでいた。さすがは美濃守どのよ。屋敷から一歩も出ることなく、これだけのことを用意してのけてくれたわ」

吉里は将軍になることを望んでいなかった。父綱吉がなぜ己を大奥ではなく、柳沢家の中屋敷で産ませ、そのまま吉保の養子としたかを知っていたからである。天下を統《す》べる将軍の権は大きい。それだけにその座を巡っての争いは熾烈《しれつ》を極める。それこそ女子供関係なく、殺し殺されるのだ。

兄の死によって跡を継いだ綱吉は、我が子すべてが死んだことで、将軍の座という魔ものに気づき、まだ側室のお腹にいた吉里を助けるべく、柳沢吉保に預けた。

側室の下げ渡しという形を取ったことで、月足らずで生まれたにもかかわらず吉里は、柳沢吉保の子供として認知され、無事に成人した。

ことの真相を直接父綱吉から聞かされていた吉里に、将軍位への野望はなかった。その吉里を、柳沢吉保は、外堀を埋めることで担ぎだした。

「では……」

一衛が確認した。

「うむ。障害となる者を排せ。余は大樹《たいじゅ》の幹《みき》となる」

「はっ」

吉里の決意を聞いて、一衛は喜びに震えた。

「父を殺されたと知っては、黙ってもおれぬ。父子と名のりをあげはしなかったが、綱吉さまは余を慈《いつく》しんでくれた」

唇を嚙んだ吉里が血を流した。


紀州家の行列は、立派な女駕籠を用意して、吉事は慣例どおり昼四つ（午前十時ごろ）に、元大坂町の相模屋伝兵衛宅へと現れた。

「紀州家用人松平大隅《まつだいらおおすみ》でござる。紅さまをお迎えに参上つかまつりましてござる」

行列を差配している用人が、名のった。

「おそれいりまする。相模屋伝兵衛にございまする」

相模屋伝兵衛も、旗本格にあわせて、紋入りの裃《かみしも》を身につけていた。

「紅さまは」

時候の挨拶もなしに、松平大隅が問うた。

「こちらに」

旗本の娘らしく高島田《たかしまだ》に髪を結い、落ち着いた柄の着物を身につけた紅が、奥から出てきた。

「お初にお目にかかりまする。紀州家用人、松平大隅でございまする。紅さまのお身の回りのお世話を仰せつかりましてございまする」

口調はていねいながら、品定めをするような目つきで松平大隅が紅を上から下へと見た。

「よしなにお願いいたしまする」

遠慮のない松平大隅を気にせず、紅が頭をさげた。

「では、参りましょう」

松平大隅が、紅を駕籠へと誘った。

「紅……」

相模屋伝兵衛が、思わず呼び止めた。

「父上さま。ご心配なく」

ほほえみながら紅が首肯した。

「率爾《そつじ》ながら、紅さま」

親子のひとときに松平大隅が割って入った。

「本日より紅さまは、権中納言さまのご猶子。父とお呼びになるは、ただ吉宗さまのみでございまする。お言葉にはご注意を」

松平大隅が釘を刺した。

「では、なんと呼べばよろしいのでございましょう」

紅が首をかしげて見せた。

「ただ、相模屋と……」

「無礼者」

松平大隅に、紅は最後まで言わせなかった。

「相模屋伝兵衛は、御上より旗本格を与えられ、将軍家へ御目見得《おめみえ》することもかなう、いわば直臣。陪臣でしかないそなたの態度がふさわしいと申すか」

きびしく紅が指弾した。

「いきなり、やっちまった」

店の土間で平伏していた袖吉が、つぶやいた。

「こ、これは……」

顔を真っ赤にした松平大隅だったが、さすがに用人だけのことはあった。怒鳴り返すこともなく、息を整えた。

「失礼いたしました、相模屋どの」

「どうぞ、お気になさらず」

相模屋伝兵衛が、かえって小さくなった。

「では、参りましょう」

さっそうと紅が歩きだした。


娘を嫁に出すよりもの悲しい思いを相模屋伝兵衛はかみしめていた。紅が出発してからすでに一刻《いっとき》（約二時間）が過ぎていたが、相模屋伝兵衛はじっと居間で座ったままであった。

「親方、お通夜じゃねえんでやすぜ」

無言の行《ぎょう》に疲れた袖吉が、口を開いた。

「そうだな。紅は死んだわけじゃねえ」

力のない笑みを相模屋伝兵衛が浮かべた。

「より悪いですがね」

袖吉が遠慮なく言った。

「おい、袖吉」

さすがの相模屋伝兵衛も顔色を変えた。

「お怒りはもっともでやすがね、それが事実でやしょう。お嬢さんは、紀州の殿さまへ取られたんでござんすよ。いかに相模屋が御上出入りの人入れ屋でございと言ったところで、御三家に歯がたちますかえ」

「…………」

相模屋伝兵衛は沈黙した。

「以前、水城の旦那にも申しあげやしたがねえ。親方、水城の旦那と戦う肚《はら》はお持ちでやすかい」

「なぜ、水城さまと争わなきゃならねえ」

馬鹿を言うなと相模屋伝兵衛が袖吉をたしなめた。

「親方、相模屋を潰すおつもりで」

「娘のためなら、店なんぞ惜しくもねえ」

袖吉の問いに、相模屋伝兵衛が間髪《かんはつ》を容《い》れずに答えた。

「店で働いている者たちはどうなさるんで」

冷たい声で袖吉がさらに訊いた。

「その日暮らしの人足たちは、相模屋があるから生きていけるんで。江戸には他にも人入れ屋があるってのは、とおりやせんぜ。江戸城出入りで、一日百人をこえる人足に欠かさず仕事をやれるところなんざござんせんよ。それに他の店には馴染みの人足がいやす。いきなり相模屋が潰れちまったんで、今日から仕事をくれといったって、はいそうですかとはいきやせん」

「む、むう」

袖吉の指摘に相模屋伝兵衛はうなるしかなかった。

「政《まさ》、繁《しげ》、辰吉《たつきち》、丑《うし》、あいつらを路頭に迷わすだけの覚悟はおできになってやすか」

きびしく袖吉は相模屋伝兵衛を追い詰めた。

「親方も旦那も、お立場がわかっちゃいやせんね」

「…………」

相模屋伝兵衛は言葉もなかった。

「どうすればいい」

袖吉に問いかけたのは、聡四郎であった。

「水城さま」

「旦那」

不意の来訪に、二人が驚いた。

「米の相場を調べるとの口実で抜けてきた。相模屋伝兵衛どの、いろいろとご心労をおかけする」

聡四郎は頭をさげた。

「……………」

数日前まで、笑いとばせた聡四郎の詫びを、相模屋伝兵衛は無言で受けた。

「で、どうすればいいのだ、袖吉」

問いかける聡四郎の声はきびしかった。

「他人を咎めるだけなら、子供にでもできよう。少なくともよりよい方法を知っていなければなるまい」

「ほう」

聡四郎の指摘に、袖吉が目を見開いた。

「旦那、肚が据わりやしたね。三日会わざれば、刮目《かつもく》して見よでござんすねえ」

袖吉が感心した。

「世辞はいい」

感情をこめず、聡四郎は手を振った。

「怖いことで」

袖吉が肩をすくめた。

「もっともいいのは、相模屋が紀州家にしたがうことでやしょう。なんでも言われたとおりにしていれば、お嬢さんの身も安泰。ひょっとして紀州の殿さまのお手でもつけば、お嬢さんが産んだお子さんが、将軍になるやもしれやせん。そうなれば、親方は大名にお取りたて、あっしも千石くらいはいただけやしょう。相模屋は誰かに任せれば、八方丸く収まるって寸法で」

「本気で言ってるのか」

相模屋伝兵衛が殺気を放った。

「抑えられよ、相模屋どの」

それを聡四郎が制した。

「今の話に、拙者は出てこなかったが」

「旦那ももちろん、ご出世なさるでやしょう。八代将軍さまを紀州さまが継がれたなら、それこそ大名も夢じゃありますまい。そのかわり、お嬢さんのことは、あきらめていただくことになりやす」

袖吉がつけ加えた。

「このやろう」

相模屋伝兵衛が腰を浮かせた。

「で、もっともでないのはどうなのだ」

手で相模屋伝兵衛を鎮めて、聡四郎が質問した。

「旦那と同じでござんすよ」

にやりと袖吉が笑った。応じて聡四郎も首肯した。

「どういうことで」

わからない相模屋伝兵衛が、聡四郎に問うた。

「おわかりになりやせんか。さすがの親方もただの親でござんしたね。お嬢さんのこととなると、ものが見えなくなる。旦那」

袖吉が聡四郎に振った。

「簡単なことだ。拙者と紅どのの婚姻をなせばいいのだ。仮祝言《かりしゅうげん》でもかまわぬのだ。紅どのが、我が妻となれば、紀州家も無理はできぬ。さすがに御目見得格以上の旗本の妻を側室にはできまい。とくに八代将軍の座を狙っておるなら、よけいにな。要らぬ風評は命取りにしかならぬ。それに妻となれば、紅どのは我が屋敷におるのが当然。紀州家で暮らす理由もない」

「なるほど」

教えられて相模屋伝兵衛が手を打った。

「……いい考えだが、一つ穴がございますな」

相模屋伝兵衛が、落ち着きを取りもどした。

「お旗本の婚姻は、御上の許しを得て初めて成立いたしまする。紀州公の顔を逆なでするような行為がとおりまするか」

江戸城出入りとして多くの役人たちとつきあってきただけに、相模屋伝兵衛はそのあたりをよく知っていた。

「そこなんでやすよ。だから、もっともいい手ではないんで。こいつばかりは、いかに相模屋がお役人衆に顔がきいても難しい」

袖吉もお手上げだと述べた。

「いっそ紀伊国屋文左衛門でも頼りますか」

敵の敵は味方になるだろうと、袖吉が案を出した。

「そうはいかぬ。勘定吟味役が紀伊国屋文左衛門を使ったとなれば、痛くもない腹を探ってくれと言っているようなものだからな。それこそ、待ってましたと有《う》象《ぞう》無《む》象《ぞう》どもが水城家を潰しにかかってくるであろう」

聡四郎が首を振った。旗本の当主として、家名を途絶えさせることはできなかった。

「困りやしたねえ」

さっきまでの勢いはどこへやら、袖吉が肩を落とした。

「一つ手がある」

ゆっくりと聡四郎が言った。

「どんな手がございますか」

相模屋伝兵衛も袖吉も身をのりだした。

「紀州徳川吉宗さまに、ご媒酌《ばいしゃく》を願うのだ。吉宗さまお仲立ちとなれば、誰も文句はつけまい」

「なんと」

「げっ。思いきりかかわりがありすぎやせんか」

聞いた二人が驚愕の声を漏らした。

「もちろん、紀州吉宗さまがお引き受けくださるわけにはいくまい。あまりに拙者の格が軽いゆえな。なれど願いを退けはなさるまい。それこそ、器量をはかられておるのだからな」

聡四郎は、己の口から出した言葉に自信を深めた。今でこそ紀州藩主だが、少し前まで吉宗は家臣の家に放りだされ、まともにかしずく者もいない虐《しいた》げられた身だったのだ。それだけに自負は誰よりも強い。まちがえても悪い評判がたつことを許しはしない。

「やってみるしかあるまい。紅どのを道具にされてしまってからでは遅いのだ」

自らへ言い聞かせるように、聡四郎は決断した。

すぐに動こうとした聡四郎だったが、あいにく吉宗は参勤交代で紀州和歌山《わかやま》へと帰っていた。いかに勘定吟味役の勤務がゆるくとも、勝手に江戸を離れることはできなかった。

「飛脚をたてましょう」

相模屋伝兵衛が案を出した。

宿場ごとに人を替える継飛脚《つぎびきやく》を使えば、江戸から和歌山まで七日あれば着く。往復したところで十五日もあればことは足りた。

「飛脚では、直接吉宗さまに会うことはかなわぬ。それこそ、用人あたりが手紙を止めかねぬ」

聡四郎は首を振った。

「じゃあ、あっしが行ってきやしょう。飛脚ほど早くは行けやせんが、二十日もあれば帰ってこられやす」

袖吉が手をあげた。

「いや、吉宗さまにお目通りをできねば意味がない」

相模屋職人頭とはいえ、袖吉はただの庶民である。

「真正直に行かなきゃよろしいんで。お殿さまの寝所まで夜這いとしゃれこめば」

否定した聡四郎に袖吉が述べた。

「無理なのだ。そのへんの殿さまなら、十分につうじる手だが……」

大名屋敷ほど金を盗みやすいところはないとうそぶいた泥棒がいるほど、諸大名の警固は甘くなっていた。

「紀州家には玉込《たまこ》め役《やく》がおる。あやつらは尋常ではない。袖吉がいかに身軽であっても、和歌山城の濠《ほり》をこえたところで、玉込め役に倒されるのがおちだ」

「それほどに」

袖吉が息をのんだ。

聡四郎が己を過小に見ているわけではないと袖吉はさとっていた。何度となく死地をくぐり抜けてきた仲である。互いの腕前のほどは十二分に知っている。

「玉込め役のわざを見たことがあるが、あれは人ではない」

畏怖《いふ》をこめて聡四郎は言った。

「旦那がそこまでおっしゃるとなると……あっしじゃどうしようもござんせんね」

相模屋伝兵衛の右腕と信頼されるだけあって、袖吉は、けっして己を過信しなかった。

「手がございませんな」

お手上げだと相模屋伝兵衛がため息をついた。

「会うか」

聡四郎は思いだした。

「どなたに」

袖吉が問うた。

「吉宗さまの腹心、玉込め役頭川村仁右衛門《かわむらじんえもん》」

深く皺《しわ》の刻まれた顔を聡四郎は思い浮かべていた。

二

間部家抱え屋敷に、十人の若侍が集まっていた。

「細かいことはなにも言わぬ。どのような手段をとってもよい。一人でやるもよし、十人でかかるもよし。報酬は三百石じゃ」

一同を見まわして末木が告げた。

「末木さま」

一人の若侍が声をあげた。

「三百石は、全員にでござるか。それとも、一人にでござろうか」

若侍が質問した。

三百石といえば、家老でようやく一千石ていどの間部家では上士に入る。

「むろん全員でじゃ。ああ、勘違いをいたすなよ。成功すれば一同を三十石ずつで抱えるというわけではないぞ。ことをなすに功のあった者で配分するとの意味じゃ」

末木が説明した。

「となれば、一人でなせば三百石と」

「そうなるの」

確認した若侍に、末木が首肯した。

「従者を倒した者への褒賞《ほうしょう》はござらぬのか」

別の若侍が問うた。

「そちらについては、五十石だそう」

「一人で両方倒せば……三百五十石」

座敷に歓声があがった。

収入はさしてふえないにもかかわらず、支出だけは毎年増加する。どこの藩も内証《ないしょう》は火の車であった。人減らし、禄借りあげをおこなって、少しでも金を確保することにやっきになっているのが、大名の実情である。新規召し抱えや別家など、ここ何十年とない。武家の次男以下にとって、禄がもらえるなど、まさに夢であった。家を継がなければ、死ぬまで実家の片隅で、使用人並みのあつかいに耐え、妻《めと》も娶れず子もなせず、老いて朽《く》ちるだけの人生を送らなければならないのだ。さらに、三百五十石という、藩でも上級の部類ともなれば、生涯一度の機会といってもよかった。

「では、ことが終わるまで、抱え屋敷にて皆の生活の面倒は見る。江戸で何かをするには金も要る。一同に一両の金を渡す。これをどう遣おうとも勝手である」

懐から小判十枚を末木が取りだして見せた。

生まれてこのかた、小判など見たこともない若侍たちが、唾をのんだ。

「果報《かほう》を待っておる」

末木が立ち去るなり、若侍たちが小判に群がった。

しばらく小判の放つ輝きに見とれていた若侍たちが我を取りもどした。

「兵藤《ひょうどう》」

「なんだ、安西《あんざい》」

二人の若侍が与えられた大広間の片隅で話を始めた。

「どう思う」

兵藤が問うた。

「生やさしいことではなさそうだな」

安西が答えた。

「勘定吟味役の水城聡四郎というのは、かなり遣うらしい。その従者もなかなかの者だという」

「そう聞いた。もっとも、旗本の殿さま稽古だ。遣うといったところで、おぬしや拙者の新陰《しんかげ》流の敵ではない」

「疋田《ひきた》道場の竜虎は、不敗」

自信ありげに兵藤がうなずいた。

「どうだ」

安西が目で問うた。

「組むか」

兵藤が確認した。

「ふん。雑魚《ざこ》は群れたがる。三百五十石というありえぬ好機を一人で取るぐらいの気概もない」

大広間の中央に陣取った若侍がうそぶいた。

「……城山《しろやま》か。あいかわらずだ」

聞いていた一同があきれた。

「相手にするな。で、どうする」

露骨な嫌みを兵藤は相手にしなかった。

「よかろう」

「拙者も仲間に入れてくれ」

「久保《くぼ》か。うむ。一人百十五石か。実家より多いわ。これで偉そうな兄、口うるさい兄嫁を見返してやれる」

あちこちで組ができていた。

「まずは、下見じゃ」

「おう。江戸の地理はまるでわからぬでな」

荷ほどきもそこそこに、若侍たちが三々五々出ていった。

「覇気のないやつらじゃ」

城山は、独りごちた。

「そこにいるのは、たしか、小山《こやま》とか言ったな」

「さよう」

一人旅装の片付けをしていた若侍が応えた。

「どうじゃ、拙者とこぬか。五十石くれてやる」

「少ないではないか」

小山が苦情を述べた。

「当たり前だ。先ほど末木さまが言われたように、働いた者だけが果実を得ることができる。拙者とおぬしでは腕が違う、五十石でも大盤振る舞いぞ」

城山が鼻先で小山をあしらった。

「五十石か……」

小山が考えこんだ。

五十石ならば、間部家で中の部類になる。加賀前田家くらいになるとほとんど足軽《あしがる》小者の禄だが、五万石ていどの小藩では、一人前の侍であった。

「承知した。その代わり、きちっと仕事はしてくれよ」

「言うまでもない」

城山が笑った。

「あと、ことが終わるまでは同輩だ。拙者を配下あつかいしてくれるな」

「……わかった」

苦い顔で城山がうなずいた。

「では、前祝いと行こうではないか。二人の無駄飯喰いが、立派な藩士となる前祝いだ」

「どうするというのだ。酒でも飲むのか。あいにく、かつかつの旅費しかもらえなかったのでな。金はないぞ」

小山が首を振った。

「あるではないか。先ほどもらったばかりの小判が」

懐から城山が小判を出した。

「それは、探索などの費《つい》えにと渡されたものだ。飲み食いに遣うなど論外ぞ」

聞いた小山が驚愕した。

「おぬしこそちゃんと聞いていたのか、話を。末木さまはどのように遣ってもよいと言われたのだ。それに、敵の住居もわかっているのだ。いまさらなんの探索じゃ。この金で十分に英気《えいき》を養い、一気にかたをつければいい。せっかく江戸に出てきているのだ、神君家康さまご公許の遊廓、吉原に行かずしてどうする」

自信満々の城山に引きずられるように、小山も抱え屋敷を出た。


聡四郎の屋敷は吉宗の命で見張られていた。いや、警固されていた。

「ほう、今日は千客万来《せんきやくばんらい》だな」

水城家の向かい、六百石の旗本屋敷の屋根に張りついていた紀州家玉込め役明《あけ》楽《ら》琢《たく》馬《ま》がつぶやいた。

昼を過ぎたころから、一人あるいは二人、三人と人数は違えども、若い侍たちが続々と入れ替わり立ち替わりやってきていた。

「皆いちように殺気を放っていく。あれでは狙ってますと言って歩いてるようなものだが、なにか別の意図でもあるのかの」

明楽が首をかしげた。

国許から手勢が来たことを、間部家勘定奉行末木は誇らしげに多助へ報告した。

「選《よ》りすぐりの者どもが、江戸へ参った。これであの勘定吟味役も終わりじゃ」

「それはそれは。ありがたいことでございまする」

頭をさげた多助が、懐から金包みを二つ出した。

「なにかとお入り用でございましょう。これは、末木さまのご判断でお遣いくださいますように」

「いつもながら、かたじけない」

末木がいやしい目つきで小判を見た。

すでに多助と末木の立場は逆転していた。いまや末木は多助の金に縛られ、諾々《だくだく》としたがうだけになっていた。

「どうぞ、お納めを。勘定吟味役を排した次は……」

「うむ。舟屋のじゃまをする者がいなくなるのだ。即座に株仲間の増設を御用部屋に働きかけていただく。殿には国許の問屋から献上とともに願いがあがったと申しておくゆえ、万に一つもまちがいはあるまい」

「いつもながらの深慮遠謀《しんりょえんぼう》。おそれいりましてございまする。おい、番頭さん」

多助が手を叩いた。

「へい」

待っていたように番頭が顔を出した。

「末木さまをご案内しておくれ」

「はい。では、末木さま、ご足労をお願いいたしまする」

番頭が末木を誘った。

「今宵は多助どのは来られぬのか」

末木が遠慮ぎみに訊いた。

「あいにく、手の離せない用がございまして。ですが、吉原の三浦《みうら》屋にはよく言ってございまする。敵娼《あいかた》の美鈴《みすず》太夫もお待ち申しておるとのこと。どうぞ、お疲れを散《さん》じてくださいますように」

ほほえみながら多助が語った。

「すまぬの、儂だけ行かせてもらうのは」

「なにをおっしゃいますやら。末木さまにはよくしていただいておりまする。番頭、駕籠を使うんだよ。お顔がさしてはいけないからね」

「すでに呼んでございますれば、ご安心を」

しっかりと番頭がうなずいた。

ゆるんだ頬で末木が出ていった。

形だけの廻船問屋に客は来ない。なにより、株仲間に入っていないので、江戸で仕事を請けおうことはできなかった。多助は残った手代に店を任せて、八丁堀へと足を進ませた。

「ごめんくださいませ」

多助が訪れたのは紀伊国屋ではなかった。

「誰でえ。おう、これは多助じゃねえか」

なかから出てきたのは南町奉行所与力進藤元ノ介《しんどうもとのすけ》であった。

「紀伊国屋の番頭が、いや、今は日本橋小網町の廻船問屋舟屋の主だったな。その多助がなんの用でえ」

進藤はすでに多助が舟屋という廻船問屋を開いたことを知っていた。

「まずは、これを」

手にしていた袱紗《ふくさ》包みを開かず、玄関式台《しきだい》に置いた。

「いつもすまねえな。皆で分けさせてもらうぜ」

町奉行の与力同心が薄給の割りに贅沢できたのは、このお陰である。

盆暮れに決まった相手から貰うのを出入り金といい、これはそのまま己の収入にできた。それとは別にこうやって渡されるものを頼まれ金と呼び、こちらは所属している奉行所でまとめ、後日分配した。

進藤は金を確認することなく袱紗ごと受けとった。

「で、なにかやっかいごとか。残念だが、株仲間のことは与力では力になってやれねえぜ。なんせ、廻船問屋から出入り金を貰っているんでな」

式台に腰をおろして、進藤が苦笑した。

「そんなことじゃござんせん」

多助は首を振った。

「お願いしたいのは、ある旗本に張りついていただきたいんで」

「旗本だって。おいおい、それこそお門違いもいいところだぜ。町方はお旗本には手出しできやしねえことぐらい、重々承知しているだろ」

進藤が手を振った。

「わかっておりますとも。ですから、手出しをお願いしているわけじゃございません。ただ張りついて、なにがあったかを見ていてほしいので」

眉一つ動かさず、多助が述べた。

「ほう」

じっと進藤が多助を見た。

「……証人になれというわけか」

洒脱《しゃだつ》な表情を一掃して、進藤が言った。

「なにをしでかす」

進藤の声がきびしくなった。

「お膝元でばかは、許さねえぜ」

手元に引き寄せた袱紗を進藤が多助に押しかえした。

「ご心配なく。剣術のうえでの遺恨《いこん》をもつ侍が旗本に襲いかかるだけで。けっして庶民の迷惑にはなりませんで」

秋霜《しゅうそう》のような気迫にもおびえず、多助が告げた。

「意趣《いしゅ》遺恨か。なら、町方にはかかわりねえな。で、勝つのは旗本だな」

進藤の雰囲気が戻った。

「はい。勘定吟味役水城聡四郎さまが、お勝ちになられまする」

淡々と多助が告げた。

「あの勘定吟味役か」

聞いた進藤が、うなった。

「いろいろかかわってると噂は耳にしている。そうか。町方の証言となれば、目付も放ってはおけまい。挑まれての試合ならば、たとえ相手を殺したとて罪には問われぬが、いかに御上の役人といえども、人を殺してそのまんまとはいきゃあしねえ……」

それ以上、進藤は言わなかった。

「承知した。明日から同心と小者を二人、水城の周りに配しよう」

「よしなにお願い申しあげまする」

深々と多助が礼をした。

三

聡四郎は辟易《へきえき》していた。

「なんなのだ」

朝屋敷を出てから、帰ってくるまでずっと複数の目が聡四郎に向けられていた。

「みょうな連中でございますな」

同行している大宮玄馬は緊張を解いていなかった。

「殺気のない者もあるな」

しっかり聡四郎は町方の気配を感じていた。

「来るなら来るで、さっさとしてもらいたいものだ」

この数日、聡四郎は目のお陰で、自在に動けなかった。ために、まだ紀州家の川村を訪ねられていなかった。

「そろそろしびれをきらすころだと」

大宮玄馬が経験からの予測を口にした。

襲う側にも気の充実というものが要った。親の仇と出合い頭ならいざ知らず、普通は襲うほうが、ときと場所を選び、気の満ちるのを待ってやってくる。

「そうだな」

聡四郎も首肯した。

本郷御弓町の角を曲がって、人気がなくなったところで、背後から駆けてくる足音が聞こえた。

「来たな」

「はい」

予想どおりの展開に、聡四郎と大宮玄馬は顔を見あわせて苦笑した。

「待て」

十間（約一八メートル）の距離になったところで、制止の声がかかった。

「水城聡四郎だな」

若い侍が二人、柄に手をかけて近づいてきた。

「この手の輩は、他に言葉がないのか」

毎度同じ問いに聡四郎はあきあきしていた。

「違うと言ったところで無駄なのであろう。忙しいのだ、さっさと始めてくれぬか」

聡四郎は二人を挑発した。

「不遜《ふそん》な。後悔させてくれる」

若侍がそろって太刀を抜いた。

「そこで見ている者」

白刃を気にもせず、聡四郎は角の陰に隠れている気配へ話しかけた。

「問答無用で太刀を抜いたのをご覧になったであろうな」

聡四郎の確認に返事もなく、気配が消えた。

「なにをしている。よそ見をするな」

若侍の一人が、駆けよりざまに太刀を振った。

「えい」

迎え撃ったのは大宮玄馬であった。

すばやく聡四郎の前に立ちふさがった大宮玄馬は、若侍の腰を、抜き打ちざまの脇差で割った。

「ぎゃあ」

腰にくわえられた痛撃に、若侍の体勢が崩れた。渾身《こんしん》の力で太刀を振りおろした勢いのまま地に転がった。

「な、なんだ。た、立てぬ」

若侍があがいた。

十分に引きつけて撃たれた一撃は、若侍の腰骨と筋をまとめて断っていた。

「南《みなみ》……」

あまりにあざやかな一刀に気を奪われ、遅れていた若侍の足が止まった。

「貴殿はどうするのか」

聡四郎は太刀も抜かずに、間合いを詰めた。

「仲間を連れて帰るならばよし。さもなくば……」

言いながら聡四郎は若侍の息を測っていた。

「ひっ」

若侍が息を吸おうとした。

「おう」

その瞬間、聡四郎が気迫をぶつけた。

「あう」

人は緊張すると身体の筋を固める。若侍は吸いかけた息を止めた。そのまま聡四郎は殺気を若侍にぶつけ続けた。

「ひっひっ」

息を吸えなくなった若侍の顔が真っ赤になって、ついに腰を抜かした。

「他人を襲うには、未熟すぎる」

尻を地面につけておびえている若侍に、聡四郎は吐きすてた。

「帰るぞ」

聡四郎は、大宮玄馬に声をかけた。

「あの見張っておった者はよろしいので」

大宮玄馬が問うた。

「理不尽な襲撃を見て見ぬふりをしていたのだ。それが明らかになれば困る立場の者であったのだろ。放っておけばいい」

あっさりと聡四郎は背を向けた。

帰邸しても明るい紅の出迎えはない。かわりに喜久が着替えから食事まで手伝う。少し前の生活に戻っただけなのだが、色あせていた。聡四郎は己のなかでどれだけ紅の存在が大きかったかをあらためて認識していた。

「明日には紀州家へ行くぞ」

だが、聡四郎の決意はやはり邪魔された。

「死ね」

大手門を出たところからつけてきた若侍は、人気がなくなるのを待ちきれなかったのか、林大学頭の屋敷まえでいきなりかかってきた。

明確な殺意に、聡四郎は遠慮なく応じた。

三人同時に斬りかかってくるのを、聡四郎と大宮玄馬は声を掛けあうこともなく分担した。もっとも腕の立つ者を大宮玄馬が抑え、残り二人を聡四郎が迎えた。

「拙者を御上役人と知ってのことか」

念を押したのは、やはり見張っている目への対応であった。役人を襲っているのを見ていましたは、庶民なら咎められないが、武家には許されなかった。

「わああ」

返答は、必死の形相であった。

白刃の雰囲気は独特であった。手入れで抜くときでさえ、息をのむ。その白刃に明確な意図の殺気を載せている若侍の目がつりあがっていた。

「真剣に魅入られたか」

聡四郎は踵《かかと》に体重をかけた。

木刀や竹刀よりも真剣は重い。慣れていない者が振れば、とんでもない軌道を描くことがあった。免許皆伝を受けた者同士の試合で、番狂わせはまず起こらないが、名人と初心者の戦いで、まま予想外のことがあるのは、ここにあった。

真剣での戦いが初めてな者の一撃は、その体勢を巻きこんで伸びてくる。止めたつもりで止まらないのだ。本人の考えと違った動きは、受ける側も混乱させた。

真剣での勝負に慣れた聡四郎は、間合いを少しだけ開けることで、見切りを多めに取った。

「ひゃあああ」

悲鳴に近い声をあげて、一人目が太刀を正面から撃ってきた。聡四郎は右斜め前に半歩踏みだすことで、これを避けた。

「わたたた」

渾身《こんしん》の力をこめた一撃をかわされた若侍は、太刀を止められなかった。白刃はそのまま弧を描いて落ち、おのれの足を傷つけた。

「なんだ」

興奮の余り痛みを感じなかった若侍は、そのまま太刀を下段から振りあげようとした。

「二度目はない」

聡四郎は、すれちがいざま、後ろ足で若侍の腰を蹴りとばした。

「ぎぇ」

突きとばされたようになった若侍が転び、己の刀で腹を貫いた。若侍の背中から太刀が生えた。

「安西」

一歩後になった兵藤が叫んだ。

「これが刺客のさだめよ」

振り返ることなく聡四郎は、太刀を鞘走《さやばし》らせた。

「うるさい」

兵藤が足を止めて青眼に構えた。

「いつかはお役につけるやもと、二十年修行を積んだのだ。役目にあぐらを掻いた旗本に負けるはずはない。ようやくつかんだ好機。仲間が倒されたとて、戻るわけにはいかぬのだ」

己を鼓舞《こぶ》するように兵藤が言った。

「ぐえっ」

蛙が潰れたような苦鳴《くめい》を残して、大宮玄馬と対峙していた久保が左腕を斬りとばされて倒れた。

「殿、わたくしが」

血刀を手に大宮玄馬が走りよってきた。

「いや、吾《われ》がやる」

聡四郎はゆっくりと太刀を振りかぶった。

「思いへ対する礼儀だからな」

兵藤の執念を聡四郎は理解していた。ほんの少し前まで、聡四郎は同じ立場であった。

「おうりゃあああ」

　青眼から上段へと太刀をあげ、兵藤がじりじり間合いを詰めた。三間（約五・五メートル）の間合いが二間（約三・六メートル）になった。

「おう」

　聡四郎はわずかに腰を落とした。

「しゃあああ」

　二間をきった瞬間、兵藤が膝の力で跳ねた。修行を誇るだけのものではあったが、疾さで一放流に勝るものはない。

「…………」

　肩に担いでいた太刀を、聡四郎が振った。

　甲高い音とともに、火花が散った。

「やった」

　聡四郎と位置を変えた兵藤が、笑った。

「残念だったな」

　太刀にぬぐいをかけながら、聡四郎が言った。

「なにっ」

振り向いた兵藤の手から太刀が落ちた。

「えっ……」

転がった太刀を見て、兵藤が絶句した。根元から折れた太刀の柄に兵藤の左手首が付いていた。

迎え撃つ形になった聡四郎の雷閃《らいせん》は、太刀をたたき割り、そのまま兵藤の手を斬ったのであった。ようやく手首から血が噴きだした。

「な、なんで……」

己の状況を認識した兵藤が、立ったまま気を失った。

「殿」

大宮玄馬が、声をかけた。

「何百石を約束されたとて、死ねばそれまでだというのにな」

聡四郎は、兵藤たちを見た。

「あいかわらず、すさまじいな。太刀を折った後も刃筋が変わらないのは、驚きだ。あれならば、たしかに鎧武者でも倒せよう」

闇に潜んで見ていた御広敷伊賀者組頭柘植卯之が感嘆した。

「よせ」

修羅場の殺気につられて、聡四郎へ向かおうとした配下の伊賀者を柘植卯之が抑えた。

「殺気を帯びた剣術遣いに挑むのは愚か者のすることだ。剣気によって敏感になっている。手裏剣の間合いに近づくだけで気配をさとられる」

「……はっ」

不満そうに伊賀者が下がった。

「しかし、連日水城を襲うのはいいが、あのていどでは、無駄死にであろう。本気でやるならば鉄炮でも持ちださねば無理とわからぬのか。それとも知らぬのか」

柘植卯之があきれた。

「そしてみょうなのが、あの町方どもだ。黄八丈《きはちじょう》に巻き羽織、十手は見えぬが、あれはどう見ても奉行所の同心。それが、水城をつけている。助けにはいるわけでもなく、かといって咎めだてるようすもない」

水城が屋敷に入るまでを見届けたあと、倒れてうめいている若侍を助け起こすこともなく、去っていく同心たちに、柘植卯之は首をかしげた。

「これ以上は、紀州とかち合うことになる。今夜は戻るぞ」

柘植卯之は、聡四郎の屋敷に玉込め役が張りついていることを知っていた。

「今はまだ敵に回すわけにはいかぬ。間部越前守さまが幕府の権をあらためて掌握されるまで、忍従《にんじゅう》するしかない」

ふっと伊賀者の姿が闇に溶けた。


さすがに二組の失敗が続くと、自信にあふれていた若侍たちも気落ちした。片手を失いながらも帰還した久保から、戦いの一部始終が報された。

「安西たちは疋田道場で竜虎と呼ばれたほどの遣い手であったのに、一刀を浴びせることすらできなかったのか」

手狭に感じられた大広間も、数が減れば、広すぎる。寒々とした雰囲気が、間部家抱え屋敷を覆った。

「ふん。あのていどの腕ならば、負けてあたりまえだ」

「城山。口が過ぎるぞ」

嘲笑した城山を、別の若侍がたしなめた。

「事実は変わるまい。道場での稽古と真剣勝負を同じにするから、このようなことになる」

じろりと城山が一同を見た。

「このなかで人を斬ったことのあるやつはいるか」

城山の問いかけに、誰も答えなかった。

「いないか。安西たちもそうであったろうな。新陰流や一刀流《いっとう》は他流試合さえ禁じている。真剣勝負など論外だ。だが、そんなことで実際の役にたつと思うか。袋竹刀での撃ち合い、木刀での型稽古。どれも実戦とはほど遠い。それこそ畳の上の水練ぞ」

鼻先で城山が笑った。

「そういうきさまはあるのか」

一人が言い返した。

「あるとも」

答えた城山に、座敷がざわめいた。

「真剣勝負だけではないぞ。拙者は人を斬ったこともある」

「なんだと。きさま、人を斬ったことがあるだと」

若侍の一人が絶句した。

「そういえば……。おい、半年ほど前、城下外れのお堂で浪人者が斬り殺されていたことがあったな」

別の一人が思いだしたように口にした。

上州高崎五万石の城下といえども、江戸にくらべれば田舎である。盗賊でさえ滅多に出ることはなく、人殺しなど数十年に一度あるかどうかであった。それだけに、斬殺された死体の一件は大騒ぎとなっていた。

「あった。まさか……」

一同の目が城山に集まった。

「ふふふ。あっけないものだったぞ」

城山が低く笑った。

「罪科《つみとが》のない者を斬ったのか」

一人が立ちあがって城山を糾弾した。

「それがどうした。侍は斬り合うことが本業であろう。初代将軍神君家康さまも人を斬って天下を手にされたのだ。それに無抵抗な庶民を殺したわけではない、互いに太刀を抜いての戦いだ。命のやりとりも納得ずくよ」

城山がうそぶいた。

「屁理屈を……」

大広間でもっとも年嵩《としかさ》の侍が苦い顔をした。

「このような輩を間部家の家中とするわけにはいかぬ。ご家老さまに申しあげて放逐してくれるわ」

「おもしろい。では、おぬしは人を殺さぬと言うのだな」

「うっ……」

年嵩の侍が詰まった。

「三百石で新規別家の条件は、勘定吟味役を斬ることであろう。それをわかってここにいながら、善人ぶったことを口にするな」

城山がののしった。

「その肚が決まっておらぬなら、ここから去れ。死ぬまで台所の片隅で、盛り切りの飯で生きていくんだな」

冷たい目でにらまれて、年嵩の侍がうつむいた。

「小山、行くぞ。そろそろ拙者が出ていいころだ」

「お、おう」

あわてて小山がうなずいた。

「もう、おぬしらの出番はない。尻尾をまいて国許へ帰るんだな」

目をそらす一同に鼻を鳴らして、城山が大広間を後にした。

「……荷をまとめるとするか」

一人がつぶやいた。

「なぜ。城山が失敗するやもしれぬのだぞ」

城山の姿が見えなくなったとたん、勢いをとりもどした一人が言った。

「おぬし、城山のあとに出る勇気があるか」

言いこめられた年嵩の侍が述べた。

「うう」

若い侍は力なく腰を落とした。

四

「いいのか」

抱え屋敷を出た小山が城山に声をかけた。

「なにがだ」

「あのように皆の怒りを買ったのだぞ。部屋住みの厄介者《やっかいもの》ばかりではあるが、藩の重職に繋がるやつもおるのだ」

「ふん。そんなもの怖くはないわ。小山、おぬし気づいてないのか」

「なにをだ」

問われた小山が首をかしげた。

「勘定吟味役という御上の役人を斬るのだ。もし、間部家にかかわりある者とかかれば、いかに越前守さまが上様のお傅《も》り役といえども、無事ではすまぬ」

「……たしかに」

小山が首肯した。

「絵島の一件があって、殿は難しいお立場にある。そのようなときに、なぜ危ない橋を渡ると思うか」

城山の言葉に小山は聞き入った。

「まさか、この度のことは……」

「おそらく殿はご存じあるまい。重職が勝手に動いているのだろう。噂だが、藩に莫大な金を貸してくれる江戸商人のかかわりらしい」

すでに日の落ちかけた江戸の町を歩きながら、城山が語った。

「ならば、ことがなったあかつきに……」

「始末される。そうはさせぬ。我らにも一族はおるでな。小山、おぬし、本家は前橋《まえばし》の松平さまに仕えていると聞いたが」

城山が足を止めた。

「まさか……それで拙者をさそったのか」

「それくらいのことしかできまい。真剣を振りまわしたことのない奴は、勝負で足を引っ張るだけ。おぬしの役目は、鳴子《なるこ》よ」

あっさりと城山が告げた。

鳴子とは、屋敷の周りなどに張り巡らせる罠である。敵が引っかかれば音をたてて報せた。

「こけにするか」

小山の顔色が変わった。

「やめておけ。おぬしでは、拙者に勝てぬ。道場ではならした腕前であろうが、真剣は別ものだ」

全身から城山が殺気を放った。

「うっ」

抑えこまれて小山がうめいた。

「鳴子だけで五十石ぞ。米一粒も生みださぬ誇りなぞ、捨ててしまえ」

「ああ」

城山が殺気をおさめた。

「わかったならば、その親戚に手紙を出しておけ。近々新規おとりたてになるとな。それだけで十分だ。飛脚を出したというだけで、重職はなにもできぬさ。約束どおり我らに禄を与えるしかない」

「わかった」

小山は受けるしかなかった。

「念のために申しておくが、欲はかくなよ。重職を脅して百石などと考えるな。一度はきいても、二度三度となれば、相手も我慢しなくなる。分相応でおればこそ、鳴子でいられる」

「わかった」

小山は手近な飛脚屋に入ると、手紙を一本預けた。

「じゃあ、行くぜ」

城山はまっすぐ大手門を目指した。

急いで下城しようとした聡四郎に声がかかった。

「水城」

内座から御納戸口御門へいたる途中にある下部屋の襖が開いていた。新井白石は焦燥もあらわに、目だけを光らせて、下部屋で聡四郎を待っていた。

「入れ」

新井白石が呼んだ。

「どうなっておる。米の相場を操った奴はわかったのか」

「いまだ、判明いたしておりませぬ」

問われて聡四郎は首を振った。

いつも同席している太田彦左衛門は、まだ仕事で内座にいた。

「あれから何日経っておる。いっこうに進んでおらぬではないか。このようなことでお役にたてると思うか」

「……申しわけありませぬ」

新井白石の言っていることはまちがっていなかった。聡四郎も己が浮わついていることを知っていた。

「水城、わかっておるのだぞ。きさま、相模屋伝兵衛の娘を紀州家へ奉公に出したらしいの」

底光りする目で新井白石が言った。

「八代を紀州吉宗が握ると読んだようだが、浅いわ。吉宗は決して将軍になれぬ。器量がたりぬだけではない。あやつには、不吉がついておる」

「不吉でござるか」

聡四郎が訊いた。

「親に孝《こう》、君に忠《ちゅう》。これが幕府の根幹。吉宗はその二つを汚したのだ」

「どういうことでございますか」

詳細を聡四郎は求めた。

「きさまごとき小物が知ることではない。ただ、これだけは申しておく。幕府の政にかかわる者は、一様に吉宗を嫌っておる。吉宗に将軍の目はない」

「拙者は八代さまがどなたであろうとも、かかわりはございませぬ。譜代の旗本として今の将軍家にお仕え申すのみ」

聡四郎は新井白石に己の立場を告げた。

「家継さまに忠ならば、儂にしたがえ。儂のやることはすべて六代将軍家宣さまのご遺志じゃ」

新井白石が命じた。

「お役目のことなれば、したがいましょう」

「生意気な。もういい。さっさと行け。この数日でかたをつけてみせねば、きさまを役目からはずしてくれるわ。いや、それだけでは許せぬ。二度とお役にはつかさぬから、そう思え」

憎しみもあらわに新井白石がどなった。

「…………」

無言で聡四郎は席を立った。

新井白石に捕まったことで、聡四郎は大手門を出るのがかなり遅れた。すでに大手門前広場で待っている従者たちの数も減っていた。

「殿」

大宮玄馬が近づいてきた。

「帰るぞ」

聡四郎は、帰邸を告げた。

「紀州家には」

「付け馬を引いたまま行っては、足下を見られるだけだ」

大きく聡四郎がため息をついた。

かなり遠くからでもわかるほどの殺気が聡四郎に向けられていた。

「あまりに露骨すぎませぬか。なにか意図することでも」

大宮玄馬も気づいていた。

「もうどうでもいいわ」

聡四郎も疲れてきた。

真剣勝負はこころに澱《おり》を残した。とくに人を斬ったときは、ひどかった。脳の底に粘ついたものが貼りつき、なにをするのも嫌になるのだ。

「殿」

大宮玄馬もくたびれていた。

「手加減していたが、これではきりがない。ようやく免許を得たばかりという若者を刺客とすることの無意味さを知らさねばなるまい」

いいかげん、聡四郎も頭に来ていた。

人の命は奪われれば取り返しがつかないが、奪ったほうももとには戻れない。

「今宵は遠慮せずともよい」

聡四郎が大宮玄馬に告げた。

「……承知つかまつりました」

重い声で大宮玄馬が受けた。

「あいつだな」

「ああ。一度、安西らと顔を見た。まちがいない」

東へ向かう聡四郎たちのあとをつけながら、城山と小山がしゃべっていた。

「生き残った者から聞いた話だが、勘定吟味役は上段からの一刀を、あの従者は小太刀を遣うらしい」

「ほう。上段。攻めいっぽうか」

城山が笑った。

「小山、少しの間、従者を押さえてくれ」

「一人でやるのではないのか。拙者の役目は鳴子だったはずだ」

小山が冷たく言った。

「それぐらいのことはしてくれ。おそらく勘定吟味役と拙者の腕にそれほどの差はあるまい。人を斬り殺したことがあるぶん、多少、拙者が上だろう。一対一では負ける気はせんが、さすがに二人の相手はきびしい。前後からこられては防ぎきれぬ。拙者が失敗すれば、鳴子の功績も無駄になるぞ」

さとすように城山が述べた。

「おぬしに負けられては意味がないの。わかった、従者のほうは、拙者が押さえよう。だが、倒すことはできぬ。そう長くはもたぬぞ」

しかたないと小山が承諾した。

「そろそろでございましょうか」

林大学頭の屋敷角を右に曲がり、加賀前田家の大屋根が見えてきたところで、大宮玄馬が言った。

「であろうな。人通りも途絶えた。襲うにはつごうのいい状況だ」

聡四郎も同意した。

背後を気にしながら、聡四郎と大宮玄馬は、加賀前田家正門前の辻を左にとった。

「いくぞ」

二人の姿が見えなくなるのを待っていた城山が駆けた。

「大丈夫か、待ち伏せされたら」

ついてきながら、小山が危惧した。

「太刀を抜いて身体の前に横たえておけ。それで一撃は防げる。小太刀は疾い代わりに一撃が軽い。手のうちをしっかり締めておけばいける」

城山は辻の角をさけるように大きく曲がった。角に敵が潜んでいた場合への心得であった。

「多少できるようだな」

聡四郎は辻の中央で城山を迎えた。

城山が太刀を上段にとった。

「待っていたか」

「親の仇というわけではないが、死んでもらう」

「どこの者だ」

太刀を鞘走らせて、聡四郎が問うた。

「言えるわけないであろう」

小さな笑いを城山が浮かべた。

「昨日までの連中の仲間か」

「あのていどのやつらと一緒にしないでほしいな」

じりじりと城山は左へと回り始めた。

「小山」

「あ、ああ」

声をかけられた小山が、太刀の切っ先を大宮玄馬へ擬した。

「…………」

大宮玄馬は、柄に手をかけて腰を落とした。

「うやああ」

城山が肚からの気合いを浴びせた。

「おう」

聡四郎が受けた。

「りゃありゃあ」

小刻みに声を出しながら、城山が間合いを詰めてきた。

「…………」

応じず、聡四郎は太刀を背中にかつぎ、腰を落とした。

間合いが二間（約三・六メートル）になったところで、城山の足が止まった。

「早くしてくれ」

大宮玄馬と対峙している小山がせかした。

「せいいいいい」

膝をためて跳びこんだ城山が、真っ向から太刀を落とした。

「ぬん」

刹那《せつな》遅れて聡四郎も撃った。

「えっ、おい、城山、勝ったのか」

二人の交錯を目の片隅で見ていた小山が錯覚するほど城山の動きは疾かった。

「ふっ」

小山に顔を向けて城山が笑った。

「やったか」

喜色を浮かべた小山が目を剝いた。

「よそ見をする余裕はないはずだ」

一瞬で間合いをなくした大宮玄馬が、脇差を小山の首に突きつけていた。

「ひいい」

「城山……」

冷たい切っ先の感触に、小山が太刀を落とした。

助けを求めた目に映ったのは、地に伏して血に浸かっている城山であった。

「ああああああ」

小山の腰が抜けた。

「玄馬」

「承知」

首肯して玄馬は小山の太刀を拾いあげて、灯籠の角にうちつけた。硬い音がして、太刀が折れた。

「誰に頼まれた」

聡四郎の問いに小山が首を振った。

「これだけは話せぬ」

大宮玄馬がふたたび脇差をつきつけた。

「だめだ。死んでも口は開かぬ」

必死の形相で小山が拒絶した。

「ならば、そいつに伝えろ。無駄な死をつくるならば、己でこいとな。次は、死体を日本橋に晒《さら》す」

聡四郎が脅した。

いかに国許の者でも江戸に知人はいる。人通りの多い日本橋に晒されては、数日で噂が拡がり、身元が知れる。それは藩の名前が出ることであった。

「わかった」

「連れて帰ってやれ」

うなずく小山に聡四郎は城山の死体を指さした。

「戻るぞ」

小山を置いて、屋敷へと向かった聡四郎に声がかかった。

「あいやしばらく」

「どなたか」

誰何《すいか》しながら、聡四郎が振り返った。

「南町奉行所同心北川一弥《きたがわかずや》でござる」

「町方の衆が、何用か」

大宮玄馬が問うた。

「さきほどの一部始終を拝見つかまつった」

北川が言った。

「最初から見ていたなら、止めるべきではなかったのか」

「いや、尋常の勝負に口出しは無用と考えましたゆえ」

聡四郎の咎めに、北川が逃げた。

「では、なんのために足を止めさせた」

厳しい顔で大宮玄馬が訊いた。

「ただ、お見事と申しあげたかっただけでござる。では、御免」

軽く頭をさげて、北川が去っていった。

「なんだったのでございましょう」

「人を斬った現場をしっかり見たぞと告げたのだ。どういう風にくるかわからぬが、これも一つの手がかりになるか。私闘は厳禁ゆえな。御用部屋へあがる話は、先のような遠国奉行への栄転ではなく、勘定吟味役解任であろう。はたして、どうあつかわれるかの」

大宮玄馬の問いに、聡四郎は答えた。

第五章　遺された枷《かせ》

一

紀伊国屋文左衛門は茅町の柳沢家中屋敷に伺候《しこう》した。

「ご大老さま」

誰の目にもわかるほど、あきらかな死相が柳沢吉保の上にあった。

「……紀伊国屋か」

ゆっくりと柳沢吉保が瞼《まぶた》を開けた。

「納得できたか」

息をするさえつらそうな柳沢吉保が、前置き抜きで告げた。

「はい。大奥を襲う手段にめどがつきましてございまする。明日にでも黒鍬者頭藤堂二記さまとお話をさせていただきましょう」

「うむ。囮《おとり》とするのだ、それなりのものを払ってやれ」

なにも訊かず、柳沢吉保は紀伊国屋文左衛門の手を読んだ。

「はい。千両さしあげようかと思っております」

大金を惜しげもなく紀伊国屋文左衛門は出すと言った。

「黒鍬にそれだけ出すなら、吉里さまにもそれ相応のものをな。米相場の暴落で損した以上に金貸しで儲けたであろう」

柳沢吉保が紀伊国屋文左衛門に命じた。

「承知しております。八代さまになられるにはなにかとご入り用でございましょう。二万両ほど、この夏に」

「二万両……もちろん、とりあえずであろうな」

まだたりないと柳沢吉保が催促した。

「きびしいことを。それでは、このたびの儲けすべてを吐きだしてもたりませんん」

「儂へくれるつもりでいてくれ」

「死人に払う金はございません」

紀伊国屋文左衛門が首を振った。

「心配するな。儂の死は隠される」

柳沢吉保が断言した。

「武田信玄公《たけだしんげん》のはかりごとでございますか。三年我が死を秘せ。だが、すぐに織《お》田信長《だのぶなが》さまに知られたはず」

皮肉げな表情を紀伊国屋文左衛門が浮かべた。

「命のやりとりをした戦国の世とは違う。儂の生き死にをもっとも知りたがる執政どもに人を忍ばせてまで調べる覚悟はない。生きているのではと思わせるだけでいい。疑心暗鬼《ぎしんあんき》におちいらせれば、まわりすべてを疑うことになり、譜代衆の団結もくずれる。老中でございとえらそうな顔をしている連中のほとんどは、儂の引きによって今の地位にあるのだ。そういえば、あいつは美濃守とつながっていたと考えさせるだけで、策は成功したも同然」

自信ありげに柳沢吉保が述べた。

「吉里さまが、実行なさいますか」

「外堀は全部埋めた。吉里さまには、進むしかないのだ」

最後の策も完成したと柳沢吉保が宣した。

「死に金は遣いません。ですが、吉里さまへのご合力《ごうりき》は、むだにならぬようでございますな」

「損はさせぬ」

柳沢吉保が目をつぶった。

「紀伊国屋」

「はい」

手招きされて、紀伊国屋文左衛門が膝ですりよった。

「海の向こうへ儂も行ってみたかった。より進んだ文物をこの手に……」

「ご大老さま」

紀伊国屋文左衛門が唖然とした。幕府の法を金科玉条《きんかぎよくじよう》のごとく信奉していた柳沢吉保の口から、鎖国を否定する言葉が出るとは思ってもみなかった。

「武家にはしがらみがおおすぎる。恩に報いるには命をも捨てねばならぬ。そなたは、商人に生まれてよかった。思うがままに生きるがいい」

それ以上を柳沢吉保は言わなかった。

「なにかご愛用のものをお預かりできますれば、わたくしが船に」

身につけていたものだけでも運びましょう、と紀伊国屋文左衛門が申し出た。

「その筆を」

柳沢吉保が枕元の文箱《ふばこ》を指さした。

「お預かりいたしまする」

筆を懐紙に包んで、紀伊国屋文左衛門は懐にしまった。

「……頼んだぞ」

万感の思いを柳沢吉保が、一言にこめた。

「柳沢さま……」

これが最後の邂逅《かいこう》になると知った紀伊国屋文左衛門は、肩書きではなく名前で呼んだ。

「長きご厚誼《こうぎ》にお礼申しあげまする」

深々と頭をさげて、紀伊国屋文左衛門は柳沢吉保のもとを去った。

「水城さま、残念でございますが、あなたと遊んでいる暇はなくなりました」

沈みかけた日に紀伊国屋文左衛門がつぶやいた。

紀伊国屋文左衛門に続いて、柳沢吉保の足下に徒目付永渕啓輔が座った。

「殿」

永渕啓輔が平伏した。

幕臣である永渕啓輔が、柳沢吉保のことを殿と呼ぶには理由があった。甲府藩家臣であった永渕啓輔は、寵臣柳沢吉保の屋敷へ遊びに来た綱吉の目に留まり、御家人へと引きあげられた。

身分は陪臣から直臣へと出世したが、永渕啓輔の忠誠はかわらず柳沢吉保へと捧げられていた。

「…………」

「殿」

反応のない柳沢吉保を、永渕啓輔がふたたび呼んだ。

「……啓輔よ」

目を閉じたまま、柳沢吉保が応えた。

「はっ」

永渕啓輔が平伏した。

「長き忠誠に礼を言う」

ゆっくりと柳沢吉保が話した。

「お気弱なことを仰せられますな」

泣きそうな声で永渕啓輔が言った。

「いや、寿命というものはいかんともしがたい。気力あるいは権でどうにかなるものならば、神君家康さまはお亡くなりになってはおらぬ」

柳沢吉保は諦観していた。

「……殿」

感極まった永渕啓輔が突っ伏した。

「綱吉さまがまだ前髪をなされているころから、お仕えし、ご寵愛をうけ、陪臣から大老格まであがれた。武士として望むべきは果たした」

思いだすように柳沢吉保が語った。

「ただ心残りがあるとすれば、吉里さまが将軍宣下《せんげ》を受けられるところを見ることができないことぞ」

「わたくしめに、なにかできますことがございましょうか」

永渕啓輔が訊いた。

「頼めるか」

「なんなりとお申しつけくださいませ。この命に代えても」

「すまぬな。ならば、吉里さまのお先をさえぎる南の龍を封じてくれぬか」

名前を出すことなく、柳沢吉保が命じた。徒目付には隠密としての役目もあった。将軍の座を狙う御三家に張りついていても不思議ではなかった。

「紀州徳川吉宗を……承知つかまつりましてございまする」

深々と平伏して永渕啓輔が受けた。

永渕啓輔はその足で江戸城へ戻ると、上司である目付に病気療養願いを出した。

「ふむ。隠密御用か。わかった」

目付はすぐに永渕啓輔の用件の裏を見抜いたが、なにも問わずに許可を出した。徒目付の隠密御用は、報告あるまで病気療養あつかいとされるのが慣例であった。幕府役人の病気療養は融通がきいた。かなりの長期間休んだところで、役料は減らされることなく与えられた。また、相当な期間休んでも職を失うこともなく復帰できた。

「転地療養をいたしたく」

続いて永渕家が属している徒組《かちぐみ》組頭に箱根《はこね》の温泉へ出向く許可を求めた。隠れみのである。

「ゆっくり休め」

手みやげの金を受けとった組頭が、上機嫌で永渕啓輔を送りだした。

「水城、そなたとの決着はかならずつける。それまで死ぬな」

永渕啓輔が、独りごちた。

「拙者も死なぬ」

柳沢吉保に命じられた翌朝、永渕啓輔は誰に見送られることなく江戸を出た。


多助の前で、間部家勘定奉行末木主水が、小さくなっていた。

「すまぬ。いかに部屋住みとはいえ、五人を再起不能にされては、国許が抑えきれぬ。殿のお耳に入るのも防げまい。儂はまちがいなく職を辞めさせられる」

終わりにしてくれと末木が頭を垂れた。

「さようでございますか。では、結構でございますよ。ですが、お金は間部さまにお貸ししたもの。しっかり利息を付けてお返し願います」

冷たい口調で多助が宣した。

「もちろん、それはわかっておる。金は返すが、今すぐというわけには……」

「株仲間の件は白紙、金だけはあるとき払いの催促なしで貸しておけでございますか。つごうがいいにもほどがございますな」

多助が吐きすてた。

「しかし、ないものはどうしようもない」

末木が開きなおった。

「評定所にお話を持っていかせていただきまする」

「ならん、ならんぞ」

おもわず末木が大声をあげた。

評定所は大名旗本にかかわる訴訟を受けつけていた。貸した金をなかなか返さない大名などを、商人が訴え出ることもままあった。

「そのようなことをされては、間部家は終わりじゃ」

末木が顔色をなくした。

「ならば、こうしていただきましょう。わたくしを越前守さまにお目通りさせていただきましょう」

「それはできぬ」

必死の形相で末木が首を振った。

藩主に無断の借財だけでも、重罪なのだ。そのうえ部屋住みとはいえ、藩籍にある若者を刺客にしたて、幕府役人を襲わせたとなれば、切腹は免れなかった。

「末木さま。あれはだめ、これは嫌、じゃどうしようもございませんよ。子供じゃあるまいし、なるようなお話にもっていっていただかねば」

　多助があきれた。

「…………」

　黙りこんだ末木の目が据わった。

「おや、わたくしをお斬りになるおつもりで」

　おびえたようすもなく多助が末木を見た。

「それこそ、罪はご家族にまでおよびますよ」

　金を借りている藩の重役が、貸した商人をその店で斬ったとなれば、無礼討ちなど認められるはずもなかった。

「ううっ」

　がくっと末木が肩を落とした。

「では、こういたしましょう」

　追い詰めておいて、多助が条件を変えた。

「ご家中による勘定吟味役襲撃だけお続けくださいな。ああ、本当に襲わずともけっこう。ただ、今までのように江戸城大手門から屋敷まで、つけまわしてくだされぱけっこうで。それならば、人が死ぬことはございませんでしょう」

「そんなことでいいのか」

多助の提案に末木が身をのりだした。

「はい」

さらに多助は金包みを出してみせた。

「見張りだけで新規お召し抱えは無理でございましょう。これを報酬としてお遣いくだされればけっこうで」

「なぜそこまで勘定吟味役にこだわるのだ。株仲間を増やすのに反対しているようでもない。役人といえども舟屋が金を遣えばどうにでもなるはずだ」

金包みを横目で見ながら、末木が疑問を呈した。

「お知りにならずとも問題はございません。末木さまはわたくしの申すとおりにしてくだされればよろしいので。さすれば金もお渡ししますし、三浦屋の美鈴もお抱きになれまする」

感情をなくした声で、多助が断じた。

「……わかった」

末木に否やを言うことはできなかった。

ようやく襲撃がとぎれたことで、聡四郎は紀州家中屋敷へ足を運ぶことができた。

「玉込め役頭川村仁右衛門どのにお目にかかりたい」

勘定吟味役と名のっての面会は、すぐにかなった。

「めずらしいこともござるな」

出迎えた川村が聡四郎の顔を見て驚いた。

「お願いいたしたいことがござる」

通された客座敷で、聡四郎は話を切り出した。

「殿にご媒酌を……思いあがるにもほどがある」

きびしい顔で川村がにらんだ。

「……ふうむ。そういうことか」

じっと聡四郎の顔をにらんでいた川村が合点した。

「相模屋伝兵衛の娘を取り返す方便か。姑息《こそく》なことを。やはり貴殿は殿がお気になさるほどの器《うつわ》ではないな」

意図を見抜いて川村があざけった。

「殿がそのような卑怯なことをなさるわけがなかろう。殿はいずれこの国を統《す》べるお方ぞ。女子供にかかわっている暇はない」

「…………」

無言で聡四郎は頭をさげた。

「待っていればいい。すぐに紀州家の姫として恥ずかしくない仕度をして、貴殿のもとへと帰してくれよう」

川村が告げた。

「もう一つ、いや二つほど手を貸してやろう」

皮肉げな笑いを川村が浮かべた。

「連日、貴殿を襲っていた連中は、間部越前守が家中の部屋住みどもだ」

「間部越前守どのがご家中であったのか」

言われて聡四郎は驚愕した。

「少しは調べぬか」

唖然としている聡四郎に川村があきれた。

「おかしいとは思わなかったのか」

「米相場暴落の裏を調べるだけで手一杯であり、みょうだとは感じておったが、探る余裕がござらなんだ」

「女のことでここまでくる手間はあったのにか」

川村が皮肉った。

「なぜこのような女々しい者を殿はお気になさるのか、拙者にはまったくわからぬが……」

首を振った川村が、聡四郎に憐みの目を向けた。

「もう一つ。相場の下落は、紀伊国屋文左衛門が大坂に抱えていた米を一気に放出したからよ」

「紀伊国屋」

言われた聡四郎は息をのんだ。一度面談を申しこんだが、いまだに会えていなかった。

「なぜ」

「そのようなもの、本人でなければわからぬ。直接訊いてみられよ」

これ以上話すことはないと、川村が聡四郎を追い返した。

「形だけとはいえ、五百五十石ほどの旗本に、御三家の姫を嫁がせる。まちがいなく衆目《しゅうもく》が集まろう。幕閣の目も水城に向けられる。身分は低くとも幕府の金すべてに手を入れることのできる勘定吟味役を紀州の身内に取りこんだとなれば、執政どもも尾張《おわり》もその動向を気にせずにはおられまい。右筆に水城の異動を邪魔させておるのもそのため。金は武器であると同時に弱み。身に覚えのある者ほど影におびえることになる。せいぜい水城に注意するがいい。殿のお考えの深さはおまえたちのおよぶところではない」

聡四郎の背中を川村が冷たい目で見送った。

紀州家を出た聡四郎はその足で、元大坂町の相模屋伝兵衛を訪ね、首尾を報せた。

「それはよかった」

相模屋伝兵衛が愁眉《しゅうび》を開いた。

「ところで、相模屋どの」

聡四郎は川村から聞いた話をした。

「どういう意図がござったのだろうか」

「相場を操った意味……普通ならば、あらかじめ値段が下がるとわかっている米を、早めに売却して少しでも資産の目減りを防ぐか、あるいは、逆に値上がりを見こして買い付け、高値になって売り抜けるかでございますが」

「紀伊国屋文左衛門ほどの者がするにしては、小さすぎるような気がいたしまする」

伝兵衛の言いたいことを聡四郎が引き取った。

「はい。江戸一の材木問屋紀伊国屋文左衛門は、大名貸しでも日本一でございましょう」

大名貸しとは、年貢を担保に金を貸すことである。紀伊国屋文左衛門から金を借りていない大名を探すのが早いほど、手広く商売をしていた。

「米の相場が下がれば、大名方に入るお金は減りまする。そうすれば、借金を返すどころか利子さえ払えなくなりまする」

「本末転倒だと」

「そこらの商人なら、そう考えて米の投げ売りなどはいたしませぬ。もともと相場は、秋の収穫の良し悪しを予想するものでございますから」

大坂でたつ相場が日本中の米の値段を決めた。秋の収穫が豊かだと思う者は、米を売りに出し、凶作だと考える者は米を買う。思惑があたった者は大もうけし、はずれた者はすべてを失うのが相場であった。

「今年の秋、米が豊作になると紀伊国屋が読んだ。さらに値下がりする前に備蓄している米を売ってしまおうと」

「水城さま、それはありませんよ」

ゆっくりと相模屋伝兵衛が首を振った。

「今はまだ夏でございまする。米の値動きは思惑で動きますが、そんなに大きく変動はいたしませぬ。売り買いが活発になるのは、やはり秋の声を聞いてからで。なにより、今年米がどうなるかなど、いかに紀伊国屋文左衛門といえども、わかりはしませんよ」

相模屋伝兵衛が聡四郎に杯を差しだした。

「もっとも、江戸の火事がいつ起こるか知っているんじゃないかと思わせるほど、材木の手配がうまい紀伊国屋でございますから、秋の米のできも読んでいるのかもしれませんが」

苦笑いをしながら、相模屋伝兵衛が酒をついだ。

「どこへつながるのだ、紀伊国屋の動きは」

よけいに聡四郎は頭を悩ませた。川村に言われたことが、耳によみがえった。

「わからなくて当然なのでございますよ」

苦渋の表情を浮かべた聡四郎に、相模屋伝兵衛が声をかけた。

「他人の思惑を理解することなどできませぬ」

「しかし、それでは対応が後手になる」

聡四郎は言い返した。

「水城さま。剣術ではどうなので。いつも相手のしようとすることを考えておられますするか」

「ああ」

剣術のことなら、聡四郎でも話すことができた。

「敵の刃が、いつどこへどう来るかをずっと考えている」

「そのとおりになりますかな」

相模屋伝兵衛が問いを重ねた。

「いや、かならずしもそうはならぬ。いや、読みとはちがうことのほうが多い」

「でございましょう。ですが、水城さまは生きておられる」

「……ううむ」

言われて聡四郎は気づいた。

「臨機応変か」

「諸葛亮孔明《しょかつりょうこうめい》や黒田官兵衛《くろだかんべえ》などの軍師ならいざ知らず、読みがかならずあたることなどございますまい。人の生きていく毎日とはそういうものではございませんか」

やさしく相模屋伝兵衛が諭した。

二

翌朝、聡四郎はいちおうの報告を新井白石にした。

「紀伊国屋か。まだ出しゃばってくるか」

新井白石が憎々しげに言い捨てた。

「ですが、意図はわかりませぬ」

聡四郎は隠さずに述べた。

「そなたていどでは当然であろうな」

さめた顔で新井白石が言った。

「大所高所《たいしょこうしょ》からものごとを見る目をもたぬからだ。よいか、紀伊国屋のおこなった米の投げ売りによる暴落で、大名、旗本はもとより、すべての武士の収入が減った。すでに借財にまみれている武士たちに、この変動は耐えられない。急場しのぎであるとわかっていても、商人から金を借りることになる」

「それはわかりまする」

聡四郎も首肯した。代々勘定方を務めてきた水城家でさえ借財こそないが、貯蓄などない。無役の旗本御家人の窮乏《きゅうぼう》は推して知るべしであった。

「わかっておらぬな」

新井白石がすっと目を細めた。

「金を借りるにはどうすればいい。担保を出さなければなるまい。武家の場合、そのほとんどが次の年貢だ」

「………………」

衆知のことを言いだす新井白石に、聡四郎は無言で答えた。

「だが、すでに数年先までの年貢を借金のかたに入れてしまっているのだ。さすがに商人どももいい顔はしない。今年の秋どうなるかなど、誰にもわからない。数年先にその大名があるかどうかさえもな。それでも大名は借りなければならぬ。金がなければ成りたたぬのだ。貸してくれる相手が仏にも見えよう。そうなれば、どのようなことを求められても断れまい。それこそ姫を妾《めかけ》にと言われても、侍身分にしてくれと頼まれてもな」

「商人の申すがままになると」

「ああ。紀伊国屋の狙いはそれだ」

新井白石が断言した。

「大名たちを使って、紀伊国屋はなにをしようとしておるのでしょう。まさか、幕府への叛逆……」

聡四郎は息をのんだ。

今でこそ、諸々と幕府の命令に服しているが、薩摩《さつま》の島津《しまづ》や加賀の前田などは関ヶ原まで、徳川と同格の大名だったのだ。心底幕府にしたがっているわけではなかった。

「商人がそんなことまで考えるものか。紀伊国屋の狙いはもっと小さいはずだ」

人は己の器の大きさでしか他人を測ることができない。新井白石は紀伊国屋文左衛門をたかが商人と一笑した。

「侍身分、いや、家老への取りたてあたりであろうかの。さすがに大藩の家老ともなれば、幕府も簡単に手出しができぬからな。そうやって紀伊国屋の財を守るつもりではないか」

新井白石が推測した。

どれだけの金があっても商人は庶民である。幕府の怒りに触れるか、あるいは執政たちの思惑などで、明日闕所《けっしょ》になることも考えられた。庶民身分のままならば、金はもとより家屋敷まで取りあげられ、住みなれた江戸を放逐されることになっても、紀伊国屋文左衛門は文句一つ言うことさえ許されないのだ。

「金を貯めこんだ商人の考えそうなことだ」

「ならばよいのですが……」

紀伊国屋文左衛門の思惑が大きいことを知っているだけに、聡四郎は新井白石の意見に同意することができなかった。

「そなたとしては、よくできたほうだ」

任の終了を新井白石が、告げた。

「では、これにて」

そそくさと聡四郎は立ち去ろうとした。

「待て。次の仕事がある。座れ」

新井白石が止めた。

「絵島の事件で、大奥の力が弱っておる」

「はあ」

「間部越前守どののともお話をしたのだがな、この機を逃さず大奥の力を徹底して削ぎおとし、将来の禍根《かこん》を断っておくべしとの結論に達した」

「…………」

話がどう転ぶかわからないので、聡四郎は相槌《あいづち》もうたなかった。

「大奥へ手を入れよ」

「……大奥へ」

命じられて聡四郎は絶句した。

たしかに勘定吟味役は金の動きがあるかぎり、幕府のどこへでも立ち入ることが許されていた。しかし、大奥は代々の老中でさえ遠慮する将軍の私であった。うかつに手を触れて、痛い目にあった者は数知れず、いまでは誰もが見て見ぬふりをするところであった。

「どうやって大奥へ切りこめと」

唖然とした聡四郎は問うた。

「それを考えるのは、そなたの仕事であろう。儂はもっと大きな、そう、この国をいかに正しき姿にするかを思索せねばならぬ。些事まで儂に頼るな」

新井白石が、怒鳴った。

「さっさと取りかかれ」

「…………」

追いだされるように聡四郎は下部屋を出た。

内座に入った聡四郎は、すぐに太田彦左衛門を招いた。

「ちとよろしいかな」

無言で首肯した太田彦左衛門が、聡四郎について内座を出た。

「紀伊国屋から動きがあれば報せてくれとあったが、さっそくだな」

その後を同役の正岡竹之丞《まさおかたけのじよう》がつけた。新井白石から命じられたことで頭がいっぱいであった聡四郎は気づかなかった。

「ここらがよろしかろう」

聡四郎はいつもの御納戸口御門外を使わなかった。役人の出入りが激しい午前中は、御納戸口御門付近に絶えず誰かがいた。二人は下座の並ぶ廊下の片隅で足を止めた。

「またぞろ筑後守さまの命で」

太田彦左衛門が見抜いた。

「さようでござる。米相場の一件を報告いたしたら、続けて大奥に手を入れろと」

「大奥でございまするか。なるほど、水に落ちた犬は叩けということでございますな」

すぐに太田彦左衛門は新井白石の意図をさとった。

「大奥も御用部屋も、金を止められては動けませぬ。ふうむ。これは新井さまのお考えではございませんな。おそらく出所は間部越前守さまでございましょう」

「そのように言われていたが、おわかりになるのか」

「少しだけ、お考えになれば水城さまにもおわかりになりましょう。絵島の一件は月光院さまの力を大きく奪いましたが、それは間部越前守さまの立場さえも危なくいたしました。間部越前守さまと月光院さまのお間にあまりよくない噂もございましたので、常ならば……」

「常ならば」

聡四郎は先をうながした。

「間部越前守さまは、幕政から遠ざけられたはずでございまする。後ろ盾の月光院さまが、なにもおできにならぬ状況でございます。それこそ、間部越前守さまをこころよくお思いでないお方にとっては千載一遇の機会であったはずで」

「なるほど。しかし、表だってはなにもござらなんだ」

言われて聡四郎は納得した。

「それがなぜかはおわかりでございましょう。柄《え》のないところに柄どころか、はしごをかけてでも、罪を着せることを平気でやる執政衆がなにもしなかったのは、いえ、なにもできなかった原因は……」

「家継さま。間部越前守どのは、先代家宣さまから家継さまの傅育《ふいく》をとくに命じられておられる」

「さようで」

聡四郎の答えに満足そうに太田彦左衛門が首肯した。

「しかし、表だってはなにもなくとも、家継さまとともに間部越前守さまの大きな後ろ盾であった月光院さまの権威が失墜したことで、かなり影響が出ておりまする。水城さまはお気づきではございませんでしょうが、あれ以降、間部越前守さまは、ずっと御用部屋へお入りになっておられませぬ」

長く江戸城で役人をしてきた太田彦左衛門には知己《ちき》が多い。城内であったことのほとんどは、耳に入ってきていた。

「放りだされたのでございますな。筑後守どの同様」

さすがに聡四郎もその意味がわかった。

若年寄格を与えられ、下の御用部屋へ詰めていた新井白石も、家宣の死後下の御用部屋へ出入りすることはできなくなっていた。

「人というものは、一度手に入れたものを失いたくはないもので。間部越前守さまもう一度御用部屋に戻られたいとお考えになられたのでございましょう。そのためには、己の地盤をもう一度築きなおすしかない」

「それはわかりまするが、大奥の権を削ぐことと矛盾いたしませぬか」

間部越前守の権力の一つが大奥であることは、衆知の事実である。その大奥の力を奪うようなまねをすれば、己の首を絞めることにもなりかねなかった。

「腐りかかった古い屋敷を捨てて、ご本尊を新しい屋敷に移す気になられたのでございましょう」

太田彦左衛門の比喩で聡四郎は理解した。

「家継さまを大奥から中奥へ」

「おそらく」

まだ子供の家継に母親は要るが、幼き将軍家に女は不要であった。家継の起居を中奥にすることは可能であった。

「母から引き離された幼子は、当然庇護者を求めまする。それは間部越前守さましかございませぬ。となれば、お休みになるときもお側にとなりましょうなあ。将軍さま第一の寵臣ぶりに磨きがかかれば、間部越前守さま憎しで固まっていた御用部屋から裏切り者も出て参りましょう。なにせ、家継さまの耳元で間部越前守さまがささやけばすむことでございますから。あの者に顔も見たくないと仰せられませと」

感嘆するような口調で太田彦左衛門が述べた。

「母を失った子供は、庇護してくれる者の言いなりになるしかないか」

聡四郎は、背筋に寒いものを感じた。

「ううむ」

「気が進まれませぬか」

腕を組んだ聡四郎に太田彦左衛門が尋ねた。

「幼き将軍家にそのような思いをさせてはと」

「たしかに上様をご生母さまから取りあげることになるのは、こころ重いことでございまするが……」

太田彦左衛門が聡四郎を見た。

「勘定方として、大奥に手を入れる唯一の機会を逃すのはちと無念でございまする」

かつて勘定衆勝手方として、幕府の金をあつかってきた太田彦左衛門は、大奥が際限なく金を無駄遣いすることに眉をひそめていた。

「今でなければ、できませぬ。大奥が表に遠慮している今でなければ。将軍の寵愛を御旗にすれば好きかってできると考えている連中に思い知らせてやることができるのは。それに、大奥がまともになることは上様のお為でもございまする。それまで我慢をしていただくだけで」

「なるほど」

聡四郎は納得した。

「わかり申した。やってみましょう。その結果がどうなろうとも、我らは将軍へ忠誠をつくすだけでござる」

顔をあげて聡四郎が決断した。

「しかし、大奥へどうやって……」

手法がまったく聡四郎には浮かばなかった。

「なんとかなりましょう。とりあえずの下調べはわたくしが」

「頼み申した」

話は終わった。

立ち聞きしていた正岡が、すっと足音を殺して去っていった。

「うん」

聡四郎は、みょうな気配を感じとった。

「どうかなされましたか」

「気のせいか。誰かがその角のところにいたような……」

「御殿坊主ではございませぬか。あの者たちは、城中のどこにでも顔を出し、役人の話を耳にしようといたしますゆえ」

太田彦左衛門が言った。

「なればよろしいが。気づかなかったとは」

うかつであったと聡四郎は己をいましめた。


なにもなかったかのように、正岡は一日の勤務を終えて下城した。ほとんど用のない聡四郎はすでに帰邸していた。

「少し寄るところがある」

大手門前広場で待っている家臣に告げた正岡は、紀伊国屋を目指した。

「主どのはおられるか」

「これは、正岡さま。あいにく主はここにはおりませんので。わたくしでよろしければ、ご用件をうかがいまするが」

帳合いをしていた大番頭が、相手をした。

「ここで話をしてもよいか」

正岡が声をひそめた。正岡は勘定吟味役になったときから紀伊国屋文左衛門に飼われていた。

「では、奥へお願いいたしまする」

心得た大番頭が、正岡を人目につかない奥へと案内した。

「水城……大奥……承知いたしました。いつもありがとうございまする。これは些少でございますが」

ことを教えられた大番頭が、金を差しだした。

「すまなかったの」

懐の重くなった正岡が、上機嫌で紀伊国屋を後にした。

「少し店を頼みましたよ。旦那さまのところへ行ってくるからね」

後事を託した大番頭は、急ぎ足で浅草へと向かった。

「なるほど……新井白石先生もなかなか考えるじゃないか」

大番頭から子細を聞いた紀伊国屋文左衛門が笑った。

「大奥へ勘定吟味役を入れるね」

「御老中にお願いして、潰しますか」

大番頭が問うた。

「お金の無駄だからいいよ。それより、多助に伝えておくれな。もっと間部家をせっついて水城さまに露骨な圧力をかけさせよと。それに坊主の尻も叩くようにとね」

紀伊国屋文左衛門は多助のしていることを知っていた。

「へい。ご伝言はそれだけで」

「もう一つ、庵《いおり》を呼んでおくれな。そうだねえ、明日のお昼に浅草寺《せんそうじ》さんの境内でお茶を飲んでると」

「わかりましてございまする。では、お内儀《ないぎ》さま、失礼いたしまする」

背中を丸め縫いものをしている妻にも頭をさげて、大番頭が帰った。

「これ以上、後生にさわるようなまねはやめておくれでないか」

針から目を離さずに妻が言った。

「心配しなくていいよ。おまえさんとわたしじゃ、行くところは違うからねえ。安心していい。夫婦は二世《にせ》とか言うけどね、子供のできなかったわたしたちの仲は、今生《こんじょう》で切れるから」

「来世までつきあう気はなかありませんよ。でもね、生きている間におまえさんの悪行をこれ以上見聞きしたくはなくてね」

「悪行かい。誰にとっての悪なんだろうねえ」

紀伊国屋文左衛門がつぶやいた。

翌日、紀伊国屋文左衛門は昼を待って長屋を出た。

浅草寺は夏を迎えて、お参りの人で混雑していた。

「茶屋もたくさんあるけど、どこにしようかねえ。同じお金を払うなら茶の濃いところがよいし、いい女が給仕してくれるところを選ばないとね」

並んでいる茶屋を紀伊国屋文左衛門が、見た。

「ここにするかね。はい、ごめんなさいよ。お茶と団子を一皿お願いしましょう」

すだれで日をさえぎった茶屋の床几《しょうぎ》に腰掛けた紀伊国屋文左衛門が注文した。

中食直後《ちゆうじき》にもかかわらず団子も注文したのは、長居することを考えたのだ。

お茶代は志《こころざし》である。ほとんどの場合、お茶だけなら鐚銭《びたせん》数枚、三文から四文と相場が決まっているが、これでは茶屋は儲からない。茶だけで小半刻（約三十分）もいれば、茶店の主が席を空けるようにと文句をつけてくる。人待ちなどのときは、それを防ぐために団子や粥《かゆ》などを頼むのが常識であった。

「お待ちどおさま」

盆の上に茶と団子の皿を載せて、すぐに女中がやって来た。

「ありがとうよ。ほい、これは代金だよ。ちょっと人待ちするからねえ。おつりはとっておいておくれな」

紀伊国屋文左衛門は、十文銭を十枚盆の上に置いた。

「まあ、こんなに」

女中が喜色を浮かべた。

「どうぞ、ごゆっくり」

十文銭一枚を盆にのせて、のこりを袂《たもと》にしまった女中がいそいそと離れていった。

差額九十文が女中への心付けである。こんなところで小粒銀や二朱金などを出すとかえって目立つのだ。紀伊国屋文左衛門は小金の遣いかたも心得ていた。

「茶を」

行き交う人を見ていた紀伊国屋文左衛門の隣に、中年の女が座った。

「はあい」

女中が店のなかへ引っこんだ。

「御用で」

目をあわすことなく中年の女が話しかけた。どう見ても町屋の女房である。

「庵だったのか。今日は女かい。ちょうどいい。久しぶりに仕事をお願いするよ。柳沢さまの最後のお頼みでね。場所は大奥。ときはおって報せる」

紀伊国屋文左衛門も庵を見ることなくささやいた。

「大奥……子供を殺せばよろしいので」

淡々と庵が問うた。

「そうだよ。侵入は援護があるからね。ただ帰りがね。城を出るまで手助けはないと思っておくれな」

難しいことを紀伊国屋文左衛門は命じていた。

「わかりました」

庵は、あっさりと引き受けた。

女中がお茶をもってきたことで、二人の間に沈黙が訪れた。

「二十年のつきあいになるかね。でもこれが、最後の仕事になると思うよ。長い間ご苦労だったね、庵」

団子を食い終わった紀伊国屋文左衛門が礼を口にした。

「…………」

返事をせず、庵は茶をすすった。

「報酬は、千両。御広敷を通る切手《きって》はこっちで用意する」

紀伊国屋文左衛門が、言った。普段の十倍であった。

「大奥見取り図をいただきたい」

下調べなしで決行するようでは、忍として一流ではなかった。

「わかったよ。大奥を建てかえたのは半井《なからい》大和守《やまとのかみ》の仕事。半井には金を貸してある。すぐに手配する」

「金と見取り図は、いつものところへ、お送りを」

それだけを告げて、庵が席を立った。

「わたしの縁がどんどん切れていくねえ。柳沢さま、永渕さん、そして庵。妻とも切れていたね、そういえば。未練がどんどん薄くなっていくよ。そろそろ船の用意をさせようかね」

庵が残した銭に目を落として、紀伊国屋文左衛門がつぶやいた。


紀伊国屋文左衛門の命を受けて多助は、間部家勘定奉行末木を急かしただけではなく、海焚坊へも催促した。

「わかっておる。一度金を受けとったかぎり、かならず果たすのが我ら死導師の役目。遊んでいたわけではない。本山へ人を回してくれと願っておったのだ」

海焚坊が、言いわけした。

人殺しの頼みと請けの間に、形ある約束はなにひとつかわされていなかった。それが逆にきびしい誓約となり、失敗や逃亡、裏切りは、死につながっていた。

「早急にお願いしやす」

「承知しておるとも。すでに金は本山に送ってある。もう取り消せぬ」

飄々《ひょうひょう》とした表情を消して、海焚坊が首肯した。

「頼みましたよ」

多助もよけいな脅しを口にしない。

「わかっておる。つぎにしくじれば、拙僧が閻魔《えんま》大王に会うことになるでな」

軽い口調ながら、海焚坊の顔はきびしく引き締まっていた。


襲わなくてもよいと言われて末木は、腹心の家臣を使った。

「けっして太刀を抜くな。いいか。露骨に後をつけるだけでいい」

末木に命じられた家臣たちは、交代で毎日大手門から本郷御弓町まで、聡四郎の後ろを見え隠れについていった。

「なんなのでございましょう」

大宮玄馬があきれた。

「どこかに意図が隠れているのだろうが。刀でも抜いてくれれば対処のしようもあるが、ただついてくるだけなら、文句もつけられぬ」

聡四郎は苦笑した。

さすがに連中が先夜の刺客と繋がっていることはわかっていたが、証拠もなしに動くことはできなかった。

「あいかわらず町方も一緒のようであるしな」

侍の後ろに町方特有の巻き羽織がちらついていた。

「評定所から呼びだしもない。が、そのうち正体を見せてくれるだろうよ」

聡四郎は嘆息しながら屋敷へと戻った。

同じことを伊賀者組頭柘植卯之も感じていた。さすがに柘植卯之は侍たちが間部越前守の家中であることを調べていた。

「町方まで使って、水城へ圧迫をかけ、役を辞させるつもりか」

毎日露骨に後をつけられていれば、いずれ精神に無理が来る。柘植卯之は聡四郎より深く読んでいた。

「しかし、水城を襲おうにも、あやつらが邪魔で動けぬ」

柘植卯之が、聡四郎の十間（約一八メートル）ほど後を黙々と歩いている藩士に目をやった。伊賀者にとって、一人や二人倒すことは朝飯前である。柘植卯之が右手をひらめかしただけで、三人は殺せた。

「だが、町方を始末すれば、あとがうるさい」

江戸の治安を担う町奉行所は、不浄職として蔑《さげす》まれるだけに、仲間の結束が固い。伊賀者ほどではないが、同心が殺されたとなれば、それこそ草の根を分けてでも下手人を捜し出そうとする。見つかるほど伊賀者は下手ではないが、やはり動きにくくはなった。

「お頭、いかがいたしましょう」

闇のなかから配下が問うてきた。

「今宵もむなしく帰るしかあるまい。いずれ、隙のある日もできよう」

聡四郎が屋敷に入るのを確認した柘植卯之が言った。

「屋敷に踏みこんでは」

「その手もあるな。だが、今宵は用意ができていない。ひとまず引くぞ」

伊賀者が織田信長の侵攻を受けたにもかかわらず、生きのびることができたのは、この周到さにあった。

「下準備もせねばならぬ。それには水城のすべてを知らねばならぬ。二人、明日から一日中水城に張りつけ。朝から晩まであやつの行動を観察し、ここというときと場所を探せ。いくら見張りがついていようとも、しょせんは人。隙はかならずある」

「はっ」

得心《とくしん》した配下が、闇へ溶けた。

「与《くみ》した間部越前守さまのお立場を危うくしたのは譜代の衆だが、その裏にいるのは紀州権中納言。そして権中納言につながるのが水城聡四郎。きさまを見張っておれば、紀州の動向を知ることにもなる」

一人残った柘植卯之がつぶやいた。

御広敷伊賀者は月光院とのかかわりを別にして、間部越前守に拠《よ》っていた。御広敷伊賀者の悲願、与力への昇格を間部越前守は約してくれていた。その間部越前守の権力の象徴である家継を排し、己が八代将軍となって幕府に君臨しようとする紀州徳川吉宗は、御広敷伊賀者にとって聡四郎以上の敵であった。

「玉込め役の手によって江戸屋敷はおろか、国許にも忍びこむことを許さぬ紀州家。蟻《あり》の一穴となってくれよ、水城」

冷たく言い放って柘植卯之が身を翻した。

三

紀伊国屋文左衛門のもとへ、柳沢吉保が危篤《きとく》になったとの報せがもたらされた。

「ありがとうございまする」

報せてきた柳沢家の藩医幸庵《こうあん》に紀伊国屋文左衛門は十分な報酬を与えた。

「いよいよ、吉里さまを試すときが来たねえ」

紀伊国屋文左衛門は、柳沢吉保の余命が尽きるのを待っていた。

「ご大老さまほどの肚を求めはいたしませんから、ちょいとやる気だけでも見せていただきたいもので」

妻は隠居してから始めた針仕事を届けに出ていた。狭い長屋で紀伊国屋文左衛門は独りごちていた。

「生きておられればこそ、甲州藩は、柳沢家は守られてきた。ご大老さまがお亡くなりになったとなれば、即座に執政の衆は牙を剝いて参りましょう。吉里さまは、ご大老さまの策を継がれまするか」

紀伊国屋文左衛門は立ちあがった。

「では、最後の仕上げといきましょうかね」

戸締まりをすることもなく、紀伊国屋文左衛門は家を出た。

幕府における中間《ちゅうげん》として、辻の掃除、城の補修手伝いなどをおこなう黒鍬者は、武士ではなかった。袴をはくことも許されず、寒中でも臑むきだし。素足に草鞋《わらじ》で腰に一刀を差すことはできたが、公式の場で姓を名のることは許されなかった。

黒鍬者に比べれば、伊賀者同心はまだましと思えるほど、悲惨な身分であった。

「お客さまがお見えでございまする」

江戸城大手門前広場での馬糞拾いをすませて帰宅した黒鍬者頭藤堂二記は、出迎えた妻に耳打ちされた。

「客だと」

すでに不惑《ふわく》をこえた藤堂二記は、刻まれた顔の皺《しわ》をさらに深くして、首をかしげた。何一つ利権を生みだすことのない黒鍬者を訪れる者などありえなかった。

「お名前はお会いしてからと言われませんでしたが、手みやげをちょうだいしました。南蛮菓子を一箱」

居間で待っている客に聞こえないよう、小声で妻がささやいた。砂糖をふんだんに使った長崎渡来の焼き菓子は、かなり高価である。黒鍬者の口にはいることはまずなかった。

黒鍬者の住まいは棟割《むねわり》長屋であった。一軒の大きさは、九尺《くしやく》二間《にけん》の長屋よりましというていどでしかない。部屋も居間と台所に一部屋で、客間などなかった。

「会う。白湯《さゆ》を頼む」

藤堂二記が居間の襖を開けた。

「お待たせいたしました。藤堂二記でござる」

「お初にお目にかかりまする。本日は急にうかがいまして失礼いたしました。わたくし紀伊国屋文左衛門でございまする」

「……おぬしが」

名のりを聞いた藤堂二記の顔色が変わった。

しばらく紀伊国屋文左衛門を見ていた藤堂二記が、台所へ向かって声をかけた。

「おい。娘のところへ、到来物を分けてやれ」

藤堂二記が妻を遠ざけた。

「はい。では、これを」

茶を買うほどの余裕は、黒鍬者にない。妻が盆に載せた白湯を置いて出ていった。そのあとも二人は無言であった。

「美濃守さまよりお訪ねするようにと仰せつかりました」

口を開いたのは紀伊国屋文左衛門であった。

「そうか。で、なにをすればいい」

藤堂二記が問うた。

「大奥を襲っていただきます」

あっさりと紀伊国屋文左衛門が言った。

「無茶を申すな」

驚愕の声を藤堂二記があげた。

「大奥には、伊賀者がおる。負けはせぬが、本気で戦えば騒動になるぞ。ことが表沙汰になっては困る。伊賀者に勝ったところで、黒鍬が潰されては意味がない」

藤堂二記が首を振った。

「ご心配にはおよびませぬ」

紀伊国屋文左衛門がほほえんだ。

「皆さまには伊賀者の気を引いていただくだけ。ほんのいっとき、大奥の守りに隙をつくってくだされればよろしいので」

「人を忍ばせる気か」

すぐに藤堂二記が気づいた。

「そういうことで。その手助けをお願いしておりまする」

「大奥に人……いや忍を入れるということは……家継さまを」

藤堂二記が息をのんだ。

「美濃守さまのご遺言でございますからな」

紀伊国屋文左衛門が、応えた。

「まだ亡くなられたわけではございませんが、お目通りは二度とかないませぬ。最後の拝謁《はいえつ》をいたしたときに、七を亡き者にし、甲斐守さまを八にせよとのお言葉でございました。そのおりに、黒鍬の皆さまを頼れと」

かいつまんで紀伊国屋文左衛門が語った。

「とりあえず、これを」

紀伊国屋文左衛門は、懐から金包みを八つ取りだした。

「………」

「千両持ってくるつもりでございましたが、年寄りにはちと重すぎまして」

呆然としている藤堂二記に、紀伊国屋文左衛門が笑いかけた。

「せ、千両……」

日ごろの落ち着きを藤堂二記はなくしていた。

黒鍬者の禄は十二俵一人扶持であった。一人扶持は一日玄米五合を支給される。換算すると本禄が四十八斗《と》、扶持が一年で十八斗になり、あわせると六十六斗、石になおして七石弱にしかならなかった。一石一両として、年六両と少しである。

千両稼ぐには、じつに百五十年以上かかった。

「あと、無事に甲斐守さまが八となられたあかつきには、藤堂さまは五百石、その他与力してくださった皆さまに一人あたり七十石とのことでございました」

「五百石……」

三度藤堂二記が絶句した。金と出世の威力に押されていた。

「……しかし」

ようやくわれを取りもどした藤堂二記が、真剣な表情をした。

「大奥に入ると言ったが、伊賀者はそれほど甘くはないぞ。伊賀者はかならず二の目を置いておる」

藤堂二記は、よく伊賀者のことを知っていた。

前衛の後ろで戦いに参加することなく、見るだけの役目を伊賀者はかならず用意していた。これは前衛が倒されようとも動かず、ずっと敵の状況を観察し、後々の戦いの参考にするのだ。これのおかげで伊賀者は戦国を生き残った。

「大奥の警備において二の目は、報せではない。二の目は一陣の後備え。争いにくわわることなく、戦場を冷静に見つめ続けているのだ。紛れての侵入など、すぐに見抜かれるぞ」

「もちろん、その手はうってございます」

紀伊国屋文左衛門が、藤堂二記の危惧を払った。

「人手がなければ、二の目は置けますまい」

「どういう意味だ」

藤堂二記が問うた。

「伊賀者の恨みはしつこいようで」

小さく紀伊国屋文左衛門がほほをゆがめた。

「勘定吟味役を襲わせているのは、おぬしか」

すぐに藤堂二記が思いあたった。

「わたくしではございませんよ。襲わせておりますのは」

紀伊国屋文左衛門が首を振った。

「もっとも、そうしむけたのは、わたくしでございますがね」

紀伊国屋文左衛門が、笑った。

「藤堂さまを前にして、申しあげるのはなんでございますが、忍のお方はあまり周りがお見えにならないようで。勘定吟味役さまにお仲間を殺された恨みをはらされるのはよろしいけれど、それに固執されて本陣がお留守になっては意味がございません」

「……ううぬ」

　低い声で藤堂二記がうなった。忍はどの流派でも結束が固い。仲間を殺された報復はかならずした。

「日時は後日お報せいたしまする。人数、人選はお任せで」

「……承知」

　藤堂二記が首肯した。

「紀伊国屋、同士討ちするわけにはいかぬ。忍びこむ者と一度顔合わせをさせてくれ」

「ご無用に願いましょう。なまじ顔見知りであれば、まずいこともございましょう」

　紀伊国屋文左衛門が拒否した。

「それでは、まちがえて殺してしまうやもしれぬぞ」

　困ると藤堂二記が言った。

「そこで殺されるようなら、とてもその後の任は果たせませぬ。どうぞお気遣いなく。伊賀者だけをお願いいたしまする」

「よいのだな」

馬鹿にされたにひとしい藤堂二記が、怒気を押し殺した。

「はい。では、ご無礼を」

紀伊国屋文左衛門は、一礼すると黒鍬の長屋を出た。

江戸城の大奥は将軍のいわば私邸である。その大きさは、政務を執る表よりも広かった。

大奥の主御台所《みだいどころ》の起居する御休息の間は、上段下段あわせて九十五畳におよんだ。これは中奥にある将軍の居間御休息の間上段下段の三十六畳をはるかにしのぐ。

将軍を凌駕《りようが》する設備をもつにいたったのは、三代将軍家光《いえみつ》の乳母春日局《かすがのつぼね》が原因であった。

二代将軍秀忠によって廃嫡《はいちやく》されかかった家光を救ったのが春日局であった。春日局が駿河に存命していた家康に、長子相続の利を説いたおかげで、家光は三代将軍となれた。その功績をもって春日局は大奥を設立、権威を拡大させることに成功した。

春日局は大奥を設立しただけではなく、職制も整備した。

大老にあたる上臈《じょうろう》を頂点に、老中と並ぶ御年寄《おとしより》、若年寄と比肩《ひけん》する中年寄《ちゅうどしより》と続く職制は、大奥に表《おもて》と対抗する力を与えた。

「なかなかにすごいものだな」

聡四郎は太田彦左衛門に見せられた大奥女中たちの禄に驚いていた。

食禄は、上臈の百石百両十五人扶持合力銀三百匁《もんめ》を頂点に、雑用係の御末《おすえ》四石二両一人扶持十二匁まで職によって違った。

「御年寄は十万石格と申しますから」

太田彦左衛門が首を小さく振った。

「他にも大奥女中には、炭や油、薪《まき》が別に支給されまする。薪などは煮炊きと湯用に分けるなど手のこんだ状況で」

「では、大奥女中が金を遣うのは、衣服と副菜代くらいか」

聞いた聡四郎はうなった。

「さようでございますな。雑用をなす女中、大奥では部屋子《へやこ》と申すのでございますが、その給金は扶持米でまかなえまする。また合力銀は五菜《ごさい》の給銀として与えられておりますから」

「五菜とはなんでござる」

耳慣れない言葉に聡四郎は訊いた。

「ああ。大奥女中につけられる雑用係のことで。女中たちの買いものを代行したり、実家への手紙を預かったりする者で。御広敷七《なな》つ口《ぐち》に詰めておりまする」

太田彦左衛門が答えた。

御広敷七つ口とは、大奥唯一の出入り口である。御広敷御門を入って右手にあり、七つ（午後四時ごろ）に閉められたことからこの名がついた。

「ふうむ。雑用を担うといえども、大奥にはやはり入れぬか」

「五菜は入れませぬが、大奥に入れる男子はおりまする」

「医者でござろう」

聡四郎は言った。

「だけではございませぬ。お下男《しもおとこ》と御広敷伊賀者」

教えるように太田彦左衛門が告げた。

「御広敷伊賀者は、まだわかりまするが、お下男とはなんでござる」

「普段は御広敷の雑用をしておる者でございますが、毎日一度大奥へ入るのでございまする」

「毎日……」

男子禁制の大奥に毎日男が入っているなど、聡四郎は思ってもいなかった。

「七つ口から長局《ながつぼね》までの大廊下の拭き掃除と、御台所さまお湯殿の水運びでございまする。大奥の他のお女中方は、城内の井戸からくんだ水を使いますが、御台所さまのものは、毎朝平川《ひらかわ》口外御春屋《おつきや》に湧く良水を大奥まで運ぶのでございまする。まず黒鍬者が御春屋から七つ口まで運び、そこから御台所さまのお住まいがある御殿向《ごてんむき》までお下男によって持ちこまれまする」

「思ったより出入りが激しいのでござるな」

聡四郎は大奥への見識をあらためた。

「七つ口はなんと申しましても、大奥の玄関口でございますから。ここには大奥の女中たち用の商店もござるぐらいで。万屋《よろず》と申しまして、代々大奥女中相手の商売を請けおっておりまする。主に部屋子たちの食べものや小物、菓子などを商っておりまする」

「で、どこからとっかかりを見いだしましょう」

どうやって大奥の穴を探すか、聡四郎にはわからなかった。

「やはり絵島どのの一件に絡めるしかございますまい。代参を隠れ蓑に芝居見物など遊興いたしたことを咎めだてるしかございませぬ。遊興は個々のことであり、それに、幕府の役人である御広敷伊賀者を供として連れるは埒外《らちがい》である。私用に使った伊賀者への扶持を返金させるべきかどうか、評定するということにいたせば」

「きびしいことになりそうでございますな。少しばかりの余裕は見逃してやらねば、人はもちませぬ」

紅や袖吉とつきあうことで、聡四郎は息抜きのたいせつさを学んでいた。

「もちろん、本式にことを御老中さまにあげることはいたしませぬ。月千両の吉原運上をそのまま吸いこんでいた大奥へ、すこしお灸を据えるていどでよろしかろうと思いまする。一罰百戒と見せかけておけばよろしいかと。やりすぎれば、大奥の反発をまともに受けることになりかねませぬ」

太田彦左衛門も本気ではないと言った。

「では、大奥女中への聞き取りを」

「はい。おこないましょう。日時と相手はわたくしにご一任くださいませ」

大奥女中すべての身上書を太田彦左衛門は手にしていた。

「お任せいたす」

聡四郎は、頭をさげた。

「いよいよ、水城さまが大奥へ手を伸ばされるようだね」

正岡から届いた二度目の報せを紀伊国屋文左衛門は、舟屋で聞いた。

「迫ってきていることだしねえ。伊賀者の目をもう少し引きつけたいし。多助、坊主どもをせかしなさい」

紀伊国屋文左衛門が命じた。

すぐに多助をつうじて、紀伊国屋文左衛門の言葉が海焚坊へ伝えられた。

「承知。今夜にも決着をつけさせていただこう」

あらたにくわわった三人とともに海焚坊が、立ちあがった。


下城した聡四郎の前を大宮玄馬が緊張した面持ちで歩いていた。

一度一人でいるところを襲われた聡四郎から、大宮玄馬はけっして離れようとはしなかった。

「お疲れでございましょう」

「でもないがな。待っているだけというのは、どうも苦手だ」

聡四郎は苦笑した。剣を構えて対峙しているときも気が満ちるまで動かないことはままあるが、それは身体のことであり、心は命をかけてせめぎ合っている。

勘定吟味役の仕事は、それがなかった。動きだすまで聡四郎はじっとしているだけであった。

「では、待たずにすむようにしてしんぜよう」

不意に声がかかった。

「覚えのある声だな」

すぐに聡四郎は気づいた。

「覚えてくれていたか、善きかな、善きかな」

夕暮れの辻から海棼坊が顔を出した。

「導きに参った」

海棼坊の後ろから三人の僧侶が姿を現した。

「殿、こやつらでございますな」

大宮玄馬が柄に手をかけた。

「ほう。本日はお供がござるではないか。よろしいな。冥土の道も二人連れならば寂しくはございますまい」

首にかけた数珠をはずしながら、海棼坊が笑った。

「さて、日も沈みかけ、逢魔時《おうまがとき》。人の世とあの世の境目があやうくなりますれば、地獄へ行くのに便利でござる。迷わず成仏《じょうぶつ》なされや」

大きく数珠を振りまわし始めた。

「鎖がまの要領か」

すっと大宮玄馬が脇差を抜いた。間合いは狭くなるが、飛んでくる数珠を払うには早いほうがよいと大宮玄馬は判断した。

「任せたぞ、海焚坊」

三人の僧侶が大宮玄馬の相手を海焚坊に命じた。

「承知した。善治坊《ぜんじぼう》」

首肯した海焚坊が、大宮玄馬に数珠を投げつけた。

「ふぬ」

わざと刹那遅めに大宮玄馬が弾いた。鉄の玉とぶつかれば、刀が折れかねない。大宮玄馬は脇差の切っ先ではなく、なかほどで受けることでそれを防いだ。

「遅いな」

その間を海焚坊が未熟ととった。

「すぐに引導を渡してくれようほどに。主より先に逝ってやるのが忠義でござるぞ」

笑みを浮かべて海焚坊が二撃に移った。

海焚坊の背後から出てきた僧侶はそれぞれが三尺（約九一センチ）棒を持っていた。錫杖《しゃくじょう》というには短いが、太刀よりは長かった。

「おうやあ」

大宮玄馬の横をすり抜けて僧侶が迫った。

聡四郎は太刀で受けた。

「なにっ」

思わず声が出るほど重い手応えが伝わった。

「鉄芯か」

聡四郎は気づいた。

「かあああ」

二人目が棒を振りあげた。

「おう」

押し合っている僧侶の腹を、聡四郎は蹴りとばした。

「成仏せい」

落ちてくる棒を聡四郎は峰で受けた。

「もう一撃で」

三人目がさらにかかってきた。

聡四郎は太刀に身を預けるようにして、これも止めた。聡四郎の太刀は紀伊国屋文左衛門から贈られた肉厚の業物《わざもの》である。普通の太刀ならば折れ飛ぶだけの衝撃をやすやすとしのいだ。

「なぜ折れぬ」

三人目の僧侶が驚愕した。その一瞬を聡四郎は逃さなかった。わずかに右へと太刀をかたむけた。反りを利用して圧してくる棒を滑らせた。

「なんの」

体勢の崩れを止めようと、僧侶たちが棒を引いた。

「りゃああ」

太刀で追うように聡四郎が撃った。

棒を引くことに集中していた僧侶の足が一歩遅れた。

「ぎゃあ」

左膝の上を断ち斬られた僧侶が絶叫した。

「遠山坊《えんざんぼう》」

血を噴きながら仰向けに倒れる遠山坊に善治坊が目を剝いた。

「おのれ」

善治坊が、棒を頭上で回転させた。


「ええい、しつこい」

何度数珠を撃っても防がれることに海焚坊が焦《じ》れた。

「対応できぬようにしてくれるわ」

大宮玄馬との間合いを詰めた海焚坊は、小太刀の間合いに踏みこむことになった。距離を近くすることで数珠の勢いを増そうとしたことが、致命傷になった。

「しゃあ」

渾身《こんしん》の力で投げつけた数珠を、大宮玄馬は膝を深く曲げることでかわした。飛んでいく数珠の音を頭上に聞きながら大宮玄馬が前へ踏みだした。

「なにっ」

海焚坊が、驚愕の声をあげ、あわてて後ろに跳ぼうとした。だが、大宮玄馬は逃がさなかった。

「りゃああ」

十分にためてから撃たれた脇差は、深く海焚坊の腹を裂いた。

「ああああ」

こぼれる臓腑《ぞうふ》に海焚坊が悲鳴をあげた。

「ちい」

入りすぎた脇差が海焚坊の背骨に食いこんでしまった。脇差を捨て、太刀を抜いた大宮玄馬は聡四郎の援護に向かった。

「江戸を任されておきながら、恥を知れ」

善治坊が毒づいた。

「同数になったぞ」

聡四郎は太刀を右肩にかついだ。

「天狼坊《てんろうぼう》」

「おう、善治坊。我らの名を汚すわけにはいかぬ」

二人が背中を合わせた。刃を持たないだけに棒はどこでも武器となる。

「結界《けっかい》の曼荼羅《まんだら》」

善治坊の合図で、棒が振られた。当たればまちがいなく骨を折られる。

「殿」

二人を挟む形になった大宮玄馬が声をかけた。

「おう」

ぎりぎりの間合いに聡四郎は足を進めた。聡四郎の二寸（約六センチ）前をうなりながら棒が何度も行き過ぎた。

「……………」

聡四郎は気迫をためた。踵を、膝を、腰をたわめ、力を太刀へと集束させた。

じっと棒の軌道をはかっていた聡四郎は、棒がもっとも近づく機を狙って雷閃を撃った。

「あっつ」

したたかに得物《えもの》を打たれて、善治坊の手がゆるみ、棒が地に落ちた。

「ぬん」

下段に落ちた太刀を聡四郎は撥ねあげた。

「ぎゃ」

下腹から胸まで裂かれて、善治坊が死んだ。

「なにい」

背中の守りがなくなった天狼坊の気が揺れた。

「てえぇい」

かすかな隙を大宮玄馬はついた。

大宮玄馬の投げた刀が、天狼坊の胸を貫いた。

「おい」

見張っていた伊賀者が顔を見あわせた。

「やるぞ」

「頭の許しは」

「倒せば文句は言われまい」

「うむ」

大宮玄馬の手から得物が離れた。絶好機と伊賀者が跳んだ。

「…………」

無言で手裏剣が放たれた。

「なにっ」

残心《ざんしん》の構えから、聡四郎は飛んできた二本の手裏剣を弾いた。

「殿」

大宮玄馬は、刺さっている太刀に手を伸ばそうとしたが、そこにも手裏剣が撃たれた。

「玄馬」

聡四郎は右手で鞘ごと抜いた脇差を放った。

「させぬ」

伊賀者が闇から飛びだして大宮玄馬を襲った。

「……はあ」

抜く間がないとさとった大宮玄馬は、手に受けた脇差をそのまま振った。忍刀とぶつかって、鞘が割れた。

「………」

伊賀者が続けざまに忍刀を撃った。受け続けた脇差の鞘が、ついにばらばらとなり白刃がむきだしになった。

「させぬ」

割れた鞘の残りを振り捨てて、大宮玄馬が受けた。

「疾い」

小太刀の間合いの大宮玄馬は、まさに水を得た魚であった。伊賀者が目を剝いた。あわてた伊賀者が忍刀を突きだした。

「ふう」

あっさりとはずして大宮玄馬は息を吐くような気合いとともに、脇差を払った。

肝臓に冷たい刃を受けて伊賀者が死んだ。

「…………」

声もなく間合いを踏み越えた残った伊賀者が、手裏剣を放ちつつ忍刀を振った。

「……おお」

身体をひねって手裏剣をかわした聡四郎は、その勢いのまま太刀を袈裟懸《けさが》けに撃った。

「……つっ」

伊賀者は、この一撃を避けた後、信じられない疾さで返ってきた聡四郎の太刀に胸を裂かれ、即死した。手練《てだ》れの伊賀者二人が死んだ。

「ご無事で」

血塗れた脇差を手に大宮玄馬が駆けよってきた。

「うむ。玄馬も無事のようだな」

大宮玄馬に傷がないことを聡四郎は確認した。

太刀を天狼坊から抜きながら、大宮玄馬が落ちている棒に目をやった。

「殿の一撃を受けてももつとは、鉄芯入りはだてではないか……うっ」

切り口をあらためた大宮玄馬が絶句した。

「太刀筋が……」

大宮玄馬は、離れたところで伊賀者の身体を調べている聡四郎を見つめた。

四

「今日明日とのことでございまする」

一衛が柳沢吉保の現況を告げた。

「そうか」

少しだけ吉里がほほをゆがめた。

「肉親としてはとうとう接してくれなんだが、美濃守が余を慈しんでくれたのは確か。なかなかに辛いものがある」

「ご心中お察しいたしまする」

深く一衛が平伏した。

「美濃守の仕掛けが動きだすであろう。たとえそれが失敗しようとも、余は進むしかない」

吉里は柳沢吉保を父ではなく官名で呼ぶことで、八代将軍の座を狙うとあらためて明言した。

「はっ」

「なれど余では執政どもを抑えることはできぬ。あの者どもは余の父が綱吉公であることは知っておっても、江戸城へ受けいれようとはせぬであろう」

しっかりと吉里は理解していた。

「美濃守に、あと少し奉公してもらう。生きているのではないかと思わせるだけでよい。美濃守に弱みを握られている者は、それで動けなくなる」

「ご名案でございまする」

一衛が感心した。

「行け、一衛。中屋敷の者どもを黙らせよ。そして、獅子身中《しししんちゅう》の虫《むし》を退治して参れ」

「承知つかまつりましてございまする」

吉里の命を一衛は受けた。

すでに柳沢吉保には手の施しようがなかった。医師たちは隣室でただそのときを待つだけであった。

「ご臨終《りんじゅう》でございまする」

側についていた医師が平伏した。

柳沢吉保は家族に看とられることなく生涯を閉じた。大老格として人臣並ぶ者のない地位まであがった男としては、あまりにさみしい最期であった。

「幸庵どの」

控えていた医師の一人が、中屋敷用人に呼ばれた。

「なにか」

部屋を出た幸庵の首に一衛が刃を突きつけた。

「な、なにを……」

幸庵が声を震わせながら、問うた。

「金で美濃守さまのごようすを売っていたな」

「ひっ……それは」

一衛に言われて幸庵が息をのんだ。

「軽い口は病よりもたちが悪い。柳沢家の、いや新しき上様のために、死ね」

見せしめとして、一衛は幸庵の首を衆目のもとで斬り落とした。

「ひっ」

医者の一人が腰を抜かした。

続いて八人の藩士が一衛の手によって始末された。

「大恩ある主のことを金で他人に売り渡すとは、侍の風上にも置けぬ」

殺された藩士たちは、それぞれ幕府執政たちに金で飼われ、柳沢吉保の病状を逐一報告していた。

「美濃守さまの死を語るな。漏らした者は必ず殺す」

一衛の脅しに、全員が大きく首を縦に振った。

こうして柳沢吉保の死は秘され、腐敗を防ぐため漆で満たされた甕《かめ》に遺体は安置された。

柳沢吉保が死んで三日目、黒鍬衆がいつものように御台所の風呂水を七つ口へと運んできた。毎朝の恒例である。風呂用だけとはいえ、桶はかなりの数になった。

「御台所さまご用水」

黒鍬者頭藤堂二記が、七つ口で声をあげた。

「ええい。受けとりまする」

受けたのは七つ口に詰めていた大奥女中御末の頭であった。

「お下男衆」

御末頭の合図で、待機していたお下男が黒鍬衆から桶を受けとった。御台所の風呂水である。重くとも下におろすことも、ひとしずくもこぼすことは許されなかった。

万屋へ納品に来ていた商人たちがあわてて、じゃまにならないよう片隅へ寄った。

桶を受けとったお下男の先頭に御末頭がたち、七つ口から奥へと入っていく。その後に二人の御広敷伊賀者がついた。

御広敷伊賀者の役目は、お下男の監視であった。男子禁制の大奥に一人でも紛れこまれれば、大騒動になる。

四つともなれば、代参に出かけた女中もいる。女中には御広敷伊賀者がかならず供につく。御広敷にいる伊賀者の数が半減した。

水を手渡した黒鍬者頭藤堂二記が、目で合図した。合図は黒鍬者を次々に経由して、御広敷御門外に伝えられた。

「…………」

御広敷御門の右、銅板塀の上をいくつかの影が飛んだ。

塀のなかは大奥の部屋子が住む長局である。内側でひそかに警固していた伊賀者がすぐに気づいた。

「なにやつ」

向かっている黒装束に立ちむかうより、伊賀者は仲間を呼ぶことを優先した。懐から小さな笛を取りだして強く吹いた。

鳶《とび》の鳴き声のような甲高く澄んだ音がひびいた。

「しゃ」

吹き終えて忍刀に手をかけたところで、伊賀者は黒鍬者の一撃を受けて昏倒《こんとう》した。

「なんだと」

侵入者を報せる笛を、御広敷伊賀者組頭柘植卯之は、控えで聞いた。

「長局か。ついてこい」

残っていた伊賀者四人を連れて、柘植卯之が奔《はし》った。七つ口から伊賀者がいなくなった。

「お宿下がりから戻りましてございまする。長局一の側目春日野《かすがの》さまの部屋子でございまする」

七つ口へ一人の女中が帰参した。側目とは、長局の一区切りのことをいい、同じ年寄に仕える女中たちが住んだ。

「切手を」

御広敷番が女中へ求めた。切手とは、大奥女中切手番が発行する身分証であった。七つ口を出入りする女中は、切手をかならずもたなければならなかった。

「はい」

懐から女中が一枚の紙を出した。

「うむ。けっこうでござる」

切手を御広敷番が返した。

「ごくろうさまでございまする」

深々と頭をさげたのは、庵であった。切手を受けとった庵は、ゆっくりと七つ口大廊下へとあがって人気のない部屋に入ると、天井裏へと消えた。

長局外で、黒鍬者と伊賀者の戦いがおこなわれていた。

もともと金鉱を探索するため山に入らざるを得なくなったことから発生した黒鍬者と、最初から忍として歩んできた伊賀者では、武器にも大きな差があった。

土木の道具から進化した黒鍬者の手裏剣には鋸《のこぎり》に似た刃が付いており、かすっただけで大きな傷を作った。

いっぽう伊賀者の手裏剣は筆よりも細い鉄の芯を尖らせたもので、急所にあたれば一撃必殺の威力を持っていた。

お下男についていた者もくわわって七人となった伊賀者たちは、数でまさる黒鍬者の侵攻をかろうじて防いでいた。

「…………」

忍の戦いは無音であった。気合い声を出すこともなく手裏剣を投げ、忍刀で打ち合う。

柘植卯之は黙々と手裏剣を撃った。柘植卯之の放つ手裏剣は的確に黒鍬者の手足を射ぬき、戦力を確実に減らした。止めを刺さなかったのは、捕らえてのちに責め問いにかけるためであった。

四人目の黒鍬者が傷ついたのが合図だった。無傷の黒鍬者がいっせいに目つぶしを投げた。細かい砂を唐辛子の汁で煮込んで乾燥させたものを詰めこんだ目つぶしは、瞳に触れただけで激痛を発し、確実に視界を奪う。伊賀者があわてて目を閉じた。

刹那、伊賀者の動きが止まった。その隙に黒鍬者は、背を向けた。肩を射ぬかれた黒鍬者が、足をやられた仲間を背負って、塀の外へと逃げた。

「ちっ」

あとを追おうとした配下を柘植卯之が止めた。

「やめよ。これ以上、大奥を留守にするわけにはいかぬ。二人を残して、戻れ」

「はっ」

首肯した伊賀者たちが散っていった。

「遺体を片づけよ」

長局は表に向かっての窓がない。そこから見られる心配はなかったが、いつ女中がやってこないともかぎらなかった。

「はっ」

すばやく仲間の死体を担いで配下が消えた。

流れた血に砂をかけながら、柘植卯之は落ちていた手裏剣を手に取った。

「銀杏《いちょう》の葉を丸くしたような形か。これは黒鍬だな」

忍は流派によって特徴のある武器を用いる。見ただけで、それがどこのものかわかった。

「黒鍬が大奥へ……なぜ」

柘植卯之が首をかしげた。

黒鍬者と大奥にはいろいろかかわりがあった。五代将軍綱吉の側室お伝《でん》の方《かた》の父は黒鍬者であった。

「黒鍬者は柳沢吉保に繋がっている。それが大奥へ入ろうとする。まさか、家継さまを」

五つ（午前八時ごろ）には中奥御休息の間に家継は移る。すでに大奥にいないことはわかっていた。

驚愕した柘植卯之は、すぐに間部越前守のもとへと向かった。

御広敷伊賀者組頭の身分は低い。将軍御休息の間に近づくことは許されていなかった。

「ご坊主どの。間部越前守さまをお呼びしてくれぬか」

柘植卯之はなけなしの二朱金を御殿坊主に握らせた。

「承諾いただけるとは思うな」

ちらと二朱金に目をやって、御殿坊主が言った。

「かまわぬ。頼む。かならず、間部越前守さまより、ご坊主どのに褒賞があるゆえ」

「…………」

応えもせずに、御殿坊主が足を動かした。

「伊賀者組頭がか」

御殿坊主の予想を裏切って、間部越前守は首肯した。

「ご苦労でござった」

間部越前守は手持ちの扇子を御殿坊主に渡した。

「これは、お気遣いを」

うれしげに御殿坊主が扇子をいただいた。

金を遣わなくともよいため、老中であろうが大名であろうが江戸城に紙入れを持ちこむことはなかった。その代わりが扇子であった。この扇子を間部家に持っていけば、金と引き替えてくれるのだ。

「待たせたか」

間部越前守は、わざわざ御広敷近くまで足を運んだ。

「いえ。お忙しいところ申しわけございませぬ。じつは……」

柘植卯之が告げた。

「なにっ。黒鍬が大奥へ」

聞いた間部越前守が驚愕した。

「上様を害したてまつろうというのか。おのれ、柳沢美濃守」

間部越前守が激怒した。

「確かではございませぬが、おそらく大奥へ刺客を入れたのではないかと」

「ううむ。ゆゆしき事態である。これでは上様を大奥へお帰し申すわけにはいかぬ」

いらだちを隠さず、間部越前守が言った。

「上様をなんとか中奥にお止め願えませぬか。その間に大奥を調べあげまする」

柘植卯之が述べた。

「何日もは無理ぞ」

間部越前守が困惑した。いずれ家継を大奥から中奥へ移すつもりでいたが、まだその時期ではなかった。大奥の力を削ぐまで、反発を買うまねは避けたかった。

「五日お願いいたしまする」

「長すぎる。せいぜい三日だ。それまでになんとしてでも、捜しだせ。刺客を始末できたなら、伊賀者組昇格を御用部屋にはかってくれる」

きびしく命じつつ、間部越前守が餌を投げた。

「はっ」

少しでもときが惜しいと、柘植卯之が身を翻した。

御広敷に戻った柘植卯之は、七つ口の出入りを確認した。

「お下男以外に、七つ口をこえた者は、女中が三人だけか」

大奥の四方には絶えず伊賀者が潜み、他で異常があっても持ち場を離れることはなかった。柘植卯之は、その確認も忘れなかった。

「となると、この三人の女中があやしい」

「三人ならば」

「甘いわ。大奥には数百の女中がおる。それこそ女中が私《わたくし》で雇う、お犬《いぬ》と呼ばれる雑用係まで入れれば千をこえるのだ。全員の顔を知っているわけではない。紛れこむ気になれば、どこにでも入れる」

容易なことと言った配下の伊賀者を柘植卯之がたしなめた。

「それを三日で」

困難さを理解した伊賀者が絶句した。

「やりとげねば、伊賀の未来《さき》はない。紀州であろうが、吉里であろうが、八代が家継さまのお血筋でなくなったとき、探索御用は玉込め役、あるいは黒鍬者に命じられ、伊賀者に任が与えられることはなくなろう。忍として使われぬことになれば、伊賀は死ぬ」

恐怖に震える柘植卯之のもとに、御広敷番之頭から報せが来た。

「勘定吟味役水城聡四郎どの、大奥中臈崎島《さきしま》どのにうかがいたきことありとて、四日後の六月四日、御広敷まで来られるとのよし。大奥内御客あしらいの間にて面談なされる。伊賀者組より付き添い二人差しだすように」

「……承って候《そうろう》」

それまで伊賀者組があるかどうかはわからない。心中の動揺を消して、柘植卯之が受けた。

二〇〇八年七月　光文社文庫刊

光文社文庫

長編時代小説
遺《い》恨《こん》の譜《ふ》　勘《かん》定《じよう》吟《ぎん》味《み》役《やく》異《い》聞《ぶん》(七)　決定版
著　者　上《うえ》　田《だ》　秀《ひで》　人《と》

2020年11月20日　初版1刷発行

発行者　鈴　木　広　和
印　刷　萩　原　印　刷
製　本　ナショナル製本

発行所　株式会社　光　文　社
〒112-8011　東京都文京区音羽1-16-6
電話 (03)5395-8149　編　集　部
8116　書籍販売部
8125　業　務　部

© Hideto Ueda 2020
落丁本・乱丁本は業務部にご連絡くだされば、お取替えいたします。
ISBN978-4-334-79115-5　Printed in Japan

R　<日本複製権センター委託出版物>
本書の無断複写複製（コピー）は著作権法上での例外を除き禁じられています。本書をコピーされる場合は、そのつど事前に、日本複製権センター（☎03-6809-1281、e-mail : jrrc_info@jrrc.or.jp）の許諾を得てください。

組版　萩原印刷

本書の電子化は私的使用に限り、著作権法上認められています。ただし代行業者等の第三者による電子データ化及び電子書籍化は、いかなる場合も認められておりません。